福州市古厝研究会
福州市文学艺术界联合会 编

绿水青山寄乡愁

福州乡村振兴纪事

海峡出版发行集团 | 海峡文艺出版社

编 委 会

主　　　编：陈为民

常务副主编：鄢　萍　　林　峰

副 　主 　编：陈　昱　　林　巍　　吴聿建

编　　　委：李　朴　　林朝晖　　林　彤　　李树林　　蒋丽文

　　　　　　万小英　　杨绪光　　梁丽凤　　黄芳宾

前 言

　　福州山海相依,乃有福之州,"八山一水一分田"的自然空间格局,星罗棋布着2196个行政村,阡陌交通、山水环绕、林壑茂美、田园相依、人文荟萃,宛如一颗颗璀璨的明珠镶嵌在广袤大地,在乡村振兴的洪流中涌动着生机与希望。

　　民族要复兴,乡村必振兴。实施乡村振兴战略,是党中央着眼于全面建成小康社会、全面建设社会主义现代化国家做出的重大战略决策。近年来,福州市委、市政府以习近平新时代中国特色社会主义思想为指导,深入贯彻习近平总书记来闽考察重要讲话精神,学习运用"千万工程"经验,把实施乡村振兴战略作为新时代"三农"工作的总抓手,大力实施党建引领乡村振兴"五大工程",抓项目,强产业,优环境,惠民生,加快农业农村现代化。在宜居宜业和美乡村建设中,福州市既突出"一村一韵、一村一景、一家一品",又培育出一批可学习借鉴、复制推广的示范典型,形成特色鲜明、功能全面、富有内涵的乡村建设新格局。福州的乡村正发生着前所未有的变化,"互联网+农业"、生态农业、智慧农业等让农业农村现代化迈出坚实步伐,乡村旅游吸引越来越多年轻人返乡创业,农村迎来了波澜壮阔的山乡巨变。

书写这场巨变中的新农村、新农民，捕捉巨变背后的实践伟力和奋斗精神，用文学为新时代山乡增添精神力量，是作家的使命所在。福州市古厝研究会、福州市文联深入学习贯彻习近平文化思想，积极响应市委、市政府号召，组织作家深入乡村一线采风，这是贯彻落实习近平总书记重要指示批示精神、推动文学赋能乡村振兴的重要举措，显示了文学助力乡村振兴的独特价值与广阔空间。

为了让作家采访活动顺利开展，福州市文旅局、福州市农业农村局、福州市名城委为采访提供了有代表性的村庄名单，福州市古厝研究会、福州市文联经过反复研究论证，最终遴选出采写村庄名单，承办单位福州日报社和福州市作协精心组织作家深入乡村一线，他们不是以作家身份去"采风"，而是真正投入乡村基层建设和农业生产的具体过程中，实实在在地参与了中国乡村发展变化的历史实践。他们站在闽侯县白沙镇孔元村的土地上，一幅富有动感的绝妙乡村画卷展示在眼前；他们行走在福清市海口镇牛宅村，感受到自然风光与现代化建设完美融合；他们到永泰县嵩口镇月洲村，体会世外桃源的意境；他们在闽清县云龙乡际上村徜徉，聆听礼乐文化的博大精深；他们在连江县黄岐镇古石村，拥抱蓝色的海洋；他们在马尾区琅岐镇凤窝村，倾听海丝的传说；他们在长乐区梅花镇梅城村，轻抚沧桑岁月给村庄留下厚重的印记……

作家们通过深入的采访，有了崭新的体验，打通了文学与乡村广阔原野之间的道路。许多作家深有感触地说，通过调研，看到了福州乡村振兴的春潮涌动；看到了乡村振兴这一国家战略在基层得到了落实；看到了市委、市政府在省委、省政府领导下，牢记嘱托、感恩奋进，大力传承弘扬习近平总书记开创的重要理念和重大实践，一张蓝图绘到底，一任接着一任干，打造出众多鸟语花香、山清水秀、天蓝地绿、村美人和的宜居宜业乡村，构成了一幅幅"望得见山、看得到水、记得住乡愁"的美丽乡村画卷。

乡村振兴，重塑根与魄；福州山水，涵养灵性与心境。为了扩大活动的影响力，让活动更接地气，福州日报社还围绕"乡村振兴"这一主题向社会公开征集文学作品，作家和百姓踊跃投稿，其中的优秀作品和作家采访撰写的福州乡村振兴故事汇编成《绿水青山寄乡愁》。全书图文并茂，分为"山海交汇""古厝之光""文化赋能""生态文明""锦绣画卷"5个栏目。这些作品如同一纸现代版的《清明上河图》在福州广阔的乡村土地上栩栩如生地展开，图案里蕴藏着党的阳光雨露、乡村的故事、农民生活的缩影、奋进者坚实的脚印、游子淡淡的乡愁，是对奉献的赞美，是对春风的讴歌，更是对乡村振兴取得丰硕成果的由衷赞叹。

党的二十大报告强调，讲好中国故事、传播好中国声音，展现可信、可爱、可敬的中国形象。乡村振兴故事是中国故事的重要组成部分，我们应该让更多的人来到乡村，体会乡村深厚的文化底蕴，感受热气腾腾的田野气息，享受悠闲的田园生活，领略古厝的独特魅力和历史价值，把文明乡风、良好家风、淳朴民风记录下来、传播出去。未来的日子，福州市古厝研究会和福州市文联将致力于把"讲好乡村振兴故事"打造成福州市有影响力的文化品牌，成为推动乡村振兴的文化力量。

绿水青山寄乡愁，和谐发展谱新篇。在中华人民共和国成立75周年之际，《绿水青山寄乡愁》的出版与发行有着特殊的意义。我们希望通过书中感人的故事，让更多的人看到福州百姓脚踏实地、自强不息的精神风貌；希望更多的人能借鉴书中乡村振兴的新办法、新经验、新举措，走出各具特色的乡村振兴之路；希望文学助力乡村振兴全面开花，让福州广大农村涌现出更多文化振兴高地、农文旅融合发展样板、共同富裕典型，为推动福州乡村振兴事业做出更大的贡献！

目 录

山海交汇

牛宅村的暖光 / 黄燕　　　　　　　　　　3
琴心剑胆一古村 / 万小英　　　　　　　　9
古石擂响振兴曲 / 陈道忠　　　　　　　　16
潮涌闽安 / 张冬青　　　　　　　　　　　22
定海：一座被称为"城"的村庄 / 叶仲健　　28
凤凰于飞，梧桐是依 / 庄梅玲　　　　　　33
闻得梅花扑鼻香 / 陈腊梅　　　　　　　　41

古厝之光

旗杆上的荣光 / 张茜　　　　　　　　　　51
中山村的"慢"味 / 丁彬媛　　　　　　　57
到螺洲古镇追一场慢生活 / 李晟旻　　　　64
庆丰庄的守护者 / 姚俊忠　　　　　　　　71
深坑村：时光静守　古韵如昔 / 魏有冬　　75
宏琳厝的前世与今生 / 黄勤暖　　　　　　83
"山水林田厝"里的新坡画卷 / 朱伺　　　88

文化赋能

林浦纪事 / 黄文山　　　　　　　　　　　95
百年风流文武溪 / 郑秀杰　　　　　　　　102

后垄村：敞开闺门秀风华 / 原野　　　　　　109
阳岐村的晚霞 / 孟丰敏　　　　　　　　115
高丘 / 吴晟　　　　　　　　　　　　　121
从来有风，写意八井 / 半夏　　　　　　127
洋坪村："上"与"下"的哲思 / 朱砂　　135
潦上村：如得涅槃更神凰 / 池雪清　　　143

生态文明

风华卓越二刘村 / 简梅　　　　　　　　153
桃花溪畔月洲村 / 赖华　　　　　　　　160
碧水村央 / 邵永裕　　　　　　　　　　167
力生村：大樟溪畔春正好 / 许文华　　　174
石牌村，我眷恋的故乡 / 雨花　　　　　181
但爱湖美不思归 / 刘辉　　　　　　　　187
乡路漫漫，梦归南阳 / 黄鹤权　　　　　193

锦绣画卷

"仙宿"胜境 / 林思翔　　　　　　　　203
香草、白云与天籁 / 曾建梅　　　　　　211
在那神奇的东山上 / 陈声龙　　　　　　219
屏嶂铺霞三溪锦 / 黄河清　　　　　　　226
行走在山水间的那一抹乡愁 / 蔡立敏　　233
日溪脐橙香 / 朱慧彬　　　　　　　　　240
悠悠古寨话降虎 / 缪淑秀　　　　　　　246

山海交汇

牛宅村的暖光

黄 燕

一

若不是那头雄壮的劲牛立在村口迎接，很难相信已经进入了一个村庄，眼前这一栋接着一栋排列有序、豪华气派的宽宅大院，倒像是管理规范的高档别墅社区。整洁宽敞的村道两旁，浓密苍翠、生机无限的榕树，宛如静默的智者，从容深沉，济济跄跄伫立在岁月的旷野。迷蒙的尘埃，被这满眼的绿荫所遮蔽，前行在这条由繁枝茂叶自然交合成拱形的绿色长廊中，呼吸顿时变得清和顺畅起来，经由身心所感受到的一切，是那么的明净、温馨、愉悦。

此地为"牛宅"，古称"吴泽"，雅称"龙泽"，位于福清市东部，开村于699年，历史悠久。这里山清水秀，风景优美，人文荟萃。辖区内不仅有著名风景名胜瑞岩山、近200处自唐至清的摩崖石刻、精雕细刻形神兼备号称"全国第一坐佛"的弥勒佛像，还有风貌独特的古老建筑以及流传在民间的戏曲歌谣、传统技艺、民俗礼仪等内容丰富、形式多样的乡村文化，这个古朴的村落，涵养其中，得以和谐安宁，润泽光鲜。

富庶太平的牛宅村，是著名侨乡，村里侨居东南亚各国的人口就有4000多。东南亚商界巨擘、著名侨领林绍良先生就是牛宅人。

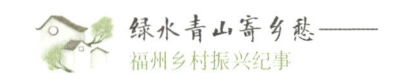

20世纪30年代，下南洋讨生活的林绍良，艰难起步，夹缝求生，从提篮卖货、当学徒做起，到办厂开公司，再到缔造庞大的商业帝国，展现了华人不惧艰辛、勇往直前的拼搏精神和高世之智；而他的善行义举与胸怀家国的大爱，明光烁亮，照亮一代又一代海外华侨致富思源、造福桑梓的心路。他们身居海外，心系故里，家乡的每一项建设，都凝聚着他们的汗水和心血。

他们不仅记得，故乡有他们呱呱落地时的老屋，有父母和祖先的坟茔，有童年的记忆，有熟悉的乡情乡音；他们更明白，自己与祖国血脉相连，休戚与共。所以，他们饱含深情，不断把身世和生涯溶化，来描绘故乡，使自己的灵魂升腾。他们对家国的爱恋，不只是莼鲈之思，而是另一种萦系和表白——他们回乡省亲，四处考察，他们抱团倾资，共行善举，他们开投资区、办工业园、架桥铺路、建外运码头、建医院、办学校、完善各种文体设施，推动家乡经济发展，改善民生增进福祉……几十年来，他们从送"蛋"济贫，到

▲ 林绍良陈列馆（黄燕 摄）

送"鸡"生"蛋",用赤子之心讲述着一个又一个滚烫的"侨情"故事。

这是绿叶对根的情意。

林绍良先生说:"人都有根,这很重要!"作为享誉全球的商界巨子,他从未忘记自己的祖籍国。他深知,自己的根在中国。哪怕漂洋过海,光阴荏苒,他认定故乡才是他的出发地,是前行的方向。

在林绍良陈列馆偌大的广场前,我们听当地朋友张萍讲述这座以"落叶归根"为主题的南洋风格的建筑,讲述林绍良先生历经乱世却成就伟业,漂洋过海却心念故土,带领旅外乡亲投身家乡发展的光辉人生。

故乡是游子心的归宿。有人说:人一生都走在回乡的路上。诗人叶赛宁写道:"抵达故乡,我即胜利。"在漫长的岁月长河中,故乡薪火相传,延续着文化血脉,无论你流浪多久,她都屹立不倒,执着地等你,给你留一抹温暖的光。

"每回,从一脚踏上祖国的土地那刻起,悬浮的心便落到了实处。""哪里也找不到这种生活在祖邦的踏实感。"这是我在侨乡听到的最朴实感人的情话。

二

徜徉在牛宅村,感觉面前所有的物象,都是丰富的信息体。我试图从每一座宗祠,每一幢古宅,每一处遗迹,抑或村部门口乡贤促进会张贴的"善行义举榜"名单中,去探究一个村庄、一个姓氏或一个人的身世和成长历程,追溯其重要的人生节点和精神基因的源头与本相,寻找照进现实的那束光。

我们流连于牛宅村的古韵新风,惊喜于如诗如画的乡野春光;

我们穿梭在纵横交错的河涌绿道，听蛙声虫鸣、看鱼儿跳跃、观花赏叶采野菜——我们专程而来，就是想亲耳闻、亲眼见稳稳握着"中国美丽休闲乡村"这张国家级金质名片多年、头顶一串省市级荣誉的牛宅村的美好和悠闲。

然而，休闲农庄的瓜果还没有成熟，到"迷宫果蔬园""果树岛"开园采摘还有些时日，温暖的春阳下，只有蝴蝶蜜蜂在花蕊芽叶间兴奋地飞来飞去，预告着即将到来的热闹。

村子里静悄悄的，孩子们上学去了，年轻人去工业园区上班了，乐龄学堂的老人们今天游学去了。我们没能看到村里戏班子的演出，没能听到十番乐队的妙音，也没能看到舞龙队的雄姿，虽有些许遗憾，但我们参观了华侨捐建的牛宅村文化活动中心大楼、影剧院、学雷锋志愿服务站、新时代文明实践站、幸福院，还有村情侨史馆、便民服务中心、红色书屋、党员活动室、村党校教学点……

▲ 牛宅村文化活动中心（黄燕 摄）

我看到了一簇一簇火苗发出的光，感受到了大地的喜悦，还有那股春天引领的力量！

"听说村里的'乐龄学堂'办得不错，吸引不少旅外乡亲想回来养老？"在村老年大学门前，我问陪同我们参观的张萍。

她笑着点头告诉我：牛宅村是福清市第一家开设乐龄学堂的村居。5年前，他们村与福建技术师范学院签订合作办学协议，让辛苦了一辈子的农村老人们每周在这里"共学、共餐、共伴"，从而在生活护理、文化娱乐、精神慰藉等方面得到满足，达成老有所为、老有所教、老有所学、老有所乐的愿景。

我又问："老人们都愿意来吗？"

"可愿意啦，争先恐后呢！"张萍说，"没人迟到早退，更不用说旷课了！"我点开村里的公众号，随机翻看乐龄学堂的课程：热身操、音乐互动游戏、手势舞《感恩的心》、颈椎操、折纸、唱国歌、画画、跳舞、八段锦、安全讲座、绕口令、军训队列、数学游戏、朗读写字、历史故事、手机摄影课程、与大学生志愿者互动……课程安排花式多样，每周四五节，基本不重复。

点开老人们唱歌跳舞做游戏的视频，我感受到了幸福和美好。连我这个外人，都蠢蠢欲动有了加入之心……

不知不觉间，我们来到华侨捐资建设的江滨龙泽公园，这是一个设计独特、配套设施齐全的休闲好去处，也是寓教于乐、学法明理、吸收正能量的露天大课堂。那些错落有致，井然有序的砖雕石刻和文字牌匾，与花草树木山水景致完美地结合在了一起，水乳交融，让人在宁静恬适的悠闲中，喂饱自己的灵魂。

沿着石块铺就的小路前行，我们一会儿倚栏拍照，一会儿快步小跑，一会儿驻足读史，在春风里怡然自得。

绿水青山寄乡愁——
福州乡村振兴纪事

▲ 村口绿色长廊（黄燕 摄）

忽然，我发现了公园广场一侧"党员先锋责任岗"的红色告示牌底下有一行小字：负责人 张萍。

我侧过脸问张萍："你负责吗？"她点点头："是的。每个支委都有责任区。"

原来，说着一口标准普通话的美女张萍，是江苏姑娘，十几年前嫁到牛宅，如今是牛宅村党委组织委员兼第三支部书记。

我问张萍："你想家吗？"张萍回答："这里就是我的家啊！"其实，从她幸福的笑靥和对牛宅村的如数家珍中，我早看出来了，她深爱着的除了她的家人，还有这片炽热的土地。

"爷爷说，那原始森林，是我们祖先的摇篮……"从元载小学里传来孩子们的琅琅书声，我们不由自主地放轻了脚步。是啊，历史长河，源远流长，故乡永远是人们心中盘根错节、本支百世的森林，念兹在兹，不离不弃。

真真切切，我看到那束光，照亮了森林的每一个角落。

琴心剑胆一古村

万小英

闽江边有座村子，不大，却凝聚了中国近代史的诸多"符号"。末代皇权，民族融合，中外战争，家国情仇……这些重大叙事主题在这里"爆发"。300年来，人们对它有一种别样情愫。它就是距闽江出海口不远的"中国历史文化名村"——长乐琴江满族村。

"琴剑浮沉秋水白"，这是清代琴江人唐以梁的诗句。流经长乐的这段闽江宛如一把古琴，故得名琴江。江中原有琴屿和剑屿，相传它们是郑和下西洋的船队转舵出海，在此失落的琴与剑化成。剑胆琴心，冥冥之中，琴与剑也便成为这块地域的基因密码。恰如陆游诗曰："流尘冉冉琴谁鼓，渍血斑斑剑不磨。俱是人间感怀事，岂无壮士为悲歌？"

琴江满族村村域总面积为0.6平方公里，目前有300多人口。300年前，它是水师旗营。清雍正六年（1728），镇闽将军阿尔赛奏请朝廷从镶黄、正白、镶白、正兰老四旗中抽调513名官兵携家眷约千人进驻，围地筑城，建立"福州三江口水师旗营"（三江口即闽江下游乌龙江、白龙江和马江的交汇处）。它是当时全国沿海四大水师旗营之一，比马尾的福建水师还早151年。经繁衍生息，鼎盛时有三四千人。辛亥革命后，旗人不再享有吃皇粮的特权，纷纷背井离乡四处谋生，"水师旗营"逐渐演变成村落。

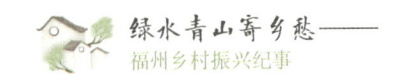

走在村中，看着旗人街（又名首里街，首里乃琉球王国的首都）高檐阔屏的老建筑，我常常处于"失语"状态，在这个福建省最大的满族聚居村，很多房屋挂的匾额和对联都用满文写成，全不认得。我还迷路了，街巷纵横交错，时而相通，时而相闭，如入迷阵。据说当初旗营基地筑有 5 米高的围墙，分东南西北 4 个城门，以炮山、火药库、钟楼为中心，500 间兵房、12 条街，组成一个太极八卦图，整个营地呈"回"字形。街道交错迂回，人在其中，不易找到出口。

军事城堡与民居村落相结合的特殊性，让这里的生活与战斗融为一体。正如"六离门"，也就是每家大门前都装有的半人高横隔门。闽剧《六离门》中，明朝蓟辽总督洪承畴兵败降清，被委以江南总

▲ 首里街（林成熹 摄）

经略后回乡探亲，洪母和妻女耻其叛明，痛其失节，不准他进屋相见。但又囿于亲情，就在门口设一道横隔板，让他隔门听训，所谓"六亲不认，众叛亲离"。后来横隔板演变为横隔门，因此得名"六离门"。

在这里，气节是家族的颜面。那时候，家中长者在儿孙当兵出征时，必在六离门前郑重嘱咐："若投降或当逃兵就不要回来，家里就当没有你这个人！"这里的家训就是"永不投降"。

但这扇横隔门又有着生活的烟火气，类似屏风和高门槛，与外界打通，又保护了隐私和安全。琴江当地人也称之为"定心门""第喜门"，未嫁女可偷偷在门后瞧瞧路过的心上人；有及第、升官、婚嫁等重大喜事，就打开这门——它是家的象征，搬家是要带走的。

北人南迁，故土难忘。此地的祖先来自辽东长白山一带，口味一直未变，那是故乡的滋味。汤圆、麻团、馄饨、饺子、福临糕、夹糖糕、虾饼、烤炉饼、旱面饺、马蹄糕、地瓜饺等，还有小孩爱吃的糖通、路路通、麦芽散、夹心糖烧饼等，都曾在街头巷尾叫卖。每当逢年过节，家家户户都会把北方的馄饨、南瓜饽饽、虾酥等端上桌。还有一项好玩的游艺活动，也随着他们来到这里——那就是琴江台阁，至今已有200多年历史。

几年前，在它被评为福建省非物质文化遗产保护项目后不久，我在采访中了解过，这是一种独特的凌空表演形式。那天我见到的是，一人站在一米高的台子上，平伸手臂，用一只手"托"着另一人，另一只手托着花瓶，花瓶上还"站"着一个人，而这三人还都是孩子，真是令人叫绝。她们手持花篮，一边"天女散花"，一边360度旋转。据传承人张建海说，台阁最初起源于古代"百戏"高杆技艺，借助隐形的"铁机"造型，在人抬着的或轱辘板车撑载的会转动的小舞台上，小演员走动演出，故又称"抬阁"。每次演出，都用"旗下话"

演唱，所使用的音乐为东北一种地方小调，俗称"台阁曲"。

"旗下话"在今天已濒临失传。它是清代北京官话和满语词汇，甚至和福州话相混杂而成的一种琴江方言，没有文字记载，靠的是口耳相传。随着村中老人的零落，年轻一代几乎无人会说"旗下话"。

1866年，中国第一所近代海军学校福建船政学堂创办，三江口水师旗营中的年轻人也纷纷报考，力争成为中国海军的栋梁之材。

历史，终于要求三江口水师旗营交出答卷。作为清代最重要的海军基地，安营建寨在琴江的水师旗营，肩负镇守海疆、保卫八闽、作为"海国屏藩"的重任。它面临血与火的重大考验。

"将军行辕"始建于清雍正七年（1729），与一般房屋坐北朝南不同，它是坐南朝北，以此表达对北方故土的思念。今天，这里被宁静笼罩，蜜蜂飞舞，仿佛在寻找看不见的花朵。但是别忘了它是福州三江口水师旗营最高指挥机关，曾经这里颇为热闹：驻闽将军每年来视察水师操演，旗营官员公议大事，兵士急来报禀……在将军行辕的一角，一棵老榕沧桑的身躯大半陷入墙中，化为古墙的一部分。当你仰起头，才发现它有着气势磅礴的生机，风雨化为浓荫，庇护着一方天地、一方岁月。它与将军行辕一同"种"下，站在这里已经300年了。它目睹了三江口水师旗营的昨天、今天，一定还会见证它的明天。

清光绪十年（1884）旧历七月，这棵榕树一定察觉到气氛与往日大不相同。它看见穆图善将军有些慌张——

▲ 将军行辕（陈铭清 摄）

侵略者来了！外国侵略者来了！

旧历七月初三下午，震惊中外的甲申中法马江海战爆发。福建水师收到的命令是，"无旨不得先行开炮，必待敌舰开火，始准还击，违者虽胜犹斩"。琴江水域是主战场，打还是不打？"永不投降"的六离门看着呢。三江口水师旗营统领黄恩禄慨然回应"将在外君命有所不受"，率部奋勇杀敌。水师旗营全体官兵以8艘木壳船与法军铁甲舰浴血奋战，林狮狮率十余名乡民驾船，隐于道庆洲江边

▲ 孝友坊（陈铭清 摄）

的芦苇中，向法军旗舰"伏尔泰"发射土炮，打伤法军司令孤拔。法军还击，林狮狮等勇士以身殉国。

"法国打闽安，旗勇战沿江，炮杀李建安，打死张十三，家家泪不干……"这首琴江歌谣里的"张十三"，是旗营张家13位壮年汉子，他们全部参战，血洒海疆。琴江守兵也牺牲惨重，马家巷的男丁几乎全部壮烈牺牲。

马江海战，福建水师几乎全军覆没。根据战后统计，福建水师的阵亡将士达796人，江里打捞上400多具遗体。三江口水师600名官兵中，壮烈牺牲100多位。这是中华民族的壮烈史，也是耻辱史。水师旗营的穆图善将军在驻守长门时未能堵敌船出口，而且贪生怕死，逃往连江，还谎称自己在阻截法舰之战中打了胜仗。

"一腔热血洒空际，红树青山黯夕阳。"出鞘的剑断了。1984

年是中法马江海战100周年，琴江村民捐资在江边五炮神庙旧址修了一座烈士纪念堂。每年农历七月初三，村人自发来到江边，放水灯，剪纸焚香，祭奠先烈英灵。2000年，村里又集资修建"抗法烈士陵园"。它位于村口，雄伟庄严。踏访之时，正是4月，烈士陵园里的两株洋紫荆开花了，满树粉红，一地碎粉，我默立于烈士碑前。

清代琴江文人在月夜作诗，有两句甚好。"耳边似觉琴音奏，韵出空江听水流"（唐以梁）；"无弦琴韵听模糊，皓月清流入画图"（黄曾成）。琴江，总让人会隐约听到古琴声，在水流激荡中，天宇间还有琴与剑交碰的铿锵回响。琴，情也。在琴江细心聆听，那里有慷慨悲情，有故园思情，有壮士豪情，有茫茫惘情……江水悠悠，琴音袅袅，情亦何堪。

琴江村没有耕地，村民大多外出务工；琴江也是侨村，村民在国外的也很多。每天村中络绎不绝的还是慕名而来的游客。琴江村正在成为具有爱国传统体验、红色精神传承、绿色休闲观光等功能的红色文化教育基地，党建服务、全域旅游与村庄建设的融合，效果日显，村财收入在近5年增加了3倍多。村民每次回来都能发现家乡的新变化。

离开的时候，回首，一棵龙眼树立于村口，含笑望来。

古石擂响振兴曲

陈道忠

一

连江黄岐半岛东北部有个小渔村,到处是石头。村后的山顶有巨石重叠,远远望去形似一面大鼓。传说300多年前的一天夜里,山顶上的石鼓突然发光,对面隔着一条山涧的山顶上相似的巨石心有灵犀,两块石头一齐从山顶滚落,碰撞后发出雷鸣般鼓声,响彻云霄。清晨两块巨石又回到原处。村人惊诧之余,便以"鼓石"命名村落,后来改名古石村。

走进古石村,石板路、石头墙、石头房、石围栏,几乎所有的房屋都是石头砌成的。石屋是闽东沿海传统建筑,石墙顶瓦,有大有小,有单层也有双层的,方方正正,小窗口,大压顶石,沿山坡而建,面朝大海,形态各异,却错落有致,是福州地区少数保存完好的石头村。近百幢的古石屋被弯弯曲曲的石板路连在一起,红色的屋顶、白色的石墙、青色的渔网、绿油油的菜地,还有不远处湛蓝的大海,像一幅巨大的油画展现在我的眼前。我惊叹不已,难怪这里成了网红打卡地。单是这庄重古朴的石头屋,历经多少风吹雨打,依然顽强挺拔,就能惊艳不少城里人。

同行的古石村党支部书记陈锋介绍说,以前这里交通闭塞,经济落后，村前村后的花岗岩石很多，乡亲们就地取材，利用花岗岩石建造房子，祖祖辈辈如此，久而久之，就建成了今天的规模，别具一格。

古石村很偏僻，三面环海，而且面积小，耕地少，常住人口154户530人，村民以农业和养殖、捕捞业为主，曾经是贫困村。为摆脱贫困落后的状况，让村民真正实现安居乐业，2018年，连江县委、县政府统筹谋划，黄岐镇党委和政府精心部署，在黄岐镇区划出18亩地，作为古石村"造福工程"搬迁用地。至2019年10月，"造福工程"取得了圆满成功，村民全部入住新区，实现了古石村多年以来的安居梦。

▲ 古石厝群落（古石村供图）

启动"造福工程"搬迁项目，也是陈锋任职古石村党支部书记的开始。陈锋回忆说，由于前期工作千头万绪，项目推进缓慢，乡亲们怨声四起。于是他和班子成员积极走访群众，全力抓好各项工作落实。走访过程中，陈锋了解到古石村有50%的村民经济压力大，无法全款购买安置房。针对这一问题，他多方协调，取得了连江农村信用社的支持，为群众购房协调办理按揭贷款，大大减轻了群众的购房压力。

项目推进到分房阶段，村里共召开28场村两委扩大会议，15场党员、村民代表会议，3场户代表会议，全民动员，全面部署，取得了绝大部分群众的理解和支持。遵循公平、公正、公开原则，成立选房工作及选房资格审查小组，邀请人大、纪委现场监督，确保选房工作圆满完成。村民们终于顺利搬入新居，个个喜上眉梢，纷纷称赞党的政策好，村干部是村民的好带头人。

二

人们称古石村为天涯海角，村民至今还保留着上岸耕种、下海捕捞的传统生产方式。要想实现真正的乡村振兴，产业振兴才是关键，搬入新居仅仅是第一步。古石村这么偏僻，产业结构单一，靠什么产业才能实现乡村振兴呢？搬迁项目开始后，陈锋就日思夜想，可谓寝食难安。古石村海岸线长约2公里，与后沙海滨浴场、畚箕山旅游景区相接。与村子隔海相望的就是台湾马祖列岛的芹壁村，这里离马祖列岛最近处仅8000米，是祖国大陆离马祖列岛最近的地区。地理位置加上村里的原始古村落风貌，浓郁的渔村风情，如果利用这些资源发展旅游业，可谓是栽上梧桐树，引来金凤凰。

陈锋的思路得到村两委成员一致赞同。心动不如行动，村里聘请福建省村落文化发展促进会为乡村振兴顾问组织，参与实施古石村乡村振兴，利用当地旅游资源进行合理规划布局，采取"公司+社团组织+合作社（股民）"的发展模式发展经济，大力推进乡村农业+文化+旅游产业融合发展，实现村民共同富裕。

在政府扶持和促进会策划下，古石村全民行动，擂响乡村振兴曲，把搬迁后空出来的石头屋、石头路还有古隧洞、古井、古厝、崖壁等多处人文景观加以整理维护，再铺设步行栈道，建造渔村公园，搭建观景台以便看到近在咫尺的马祖列岛。同时村里积极向上级争取项目配套资金，修建道路、安装路灯，实施安全饮水、网络通信、村庄亮化、建设文化公园等基础设施建设，完善发展旅游服务业的基础条件。

　　古石村吸引了八方来客，也吸引了台湾文创企业入驻，特别是在节假日可以说是人满为患。为擦亮古石村旅游这块金色招牌，古石人将景区进一步提升拓展，重新规划吃、住、行、游、购、娱等主题，发展石屋渔家餐厅、石屋民宿、露营、海上渔夫体验等等，发展壮大旅游业。渔村鱼类众多，贝类丰富，可供休闲垂钓、观赏；山上奇石耸立，石头房建筑简洁古朴、风貌独特，可供拍摄直播；200多米长的古石隧洞直通海边，洞中安装五色灯光，增加神秘烂漫色彩；138米的崖壁边修建了仿古观景台，让游客近距离欣赏独具特色的天然景观，感受脚下的万丈深渊……

　　旅游业有了发展，多年的付出有了回报，陈锋书记颇为自豪。目前古石村的旅游区划分为旧村民宿区、民俗文化区、海边度假区、

▼ 闽安协台衙门（古石村供图）

海边栈道观海区及海上体验区。黄岐镇党委、政府投资1500万元进行镇区通往古石村道路提升改造、生态岸线修复、古石村民议事厅和民兵哨所改造等项目，还利用机遇与黄岐后沙景区、畚箕山红色教育基地、烟墩顶灯塔相融合，打造黄岐半岛滨海旅游度假区，融入连江黄岐环马祖澳旅游圈。"以后来古石村旅游的人会成倍增加，古石村一定会闻名海内外。"陈锋自信地说。

2023年2月，中断3年的黄岐至马祖客运航线恢复通航，至今旅客达5万多人次。古石村成为风光旖旎的海滨旅游胜地，海内外游客纷至沓来。旅游业发展壮大了，村集体收入增加了，村民的钱包也鼓起来了。

三

我们来到由石头屋改造而成的网红打卡点——福人号召文创基地。咖啡馆保持着民居最初的格局，增加了画报、唱片、渔网等装饰品，给人沧桑的历史感。沿路而行，拐角处有一间"24小时无人商铺"。店内货架上摆满了来自宝岛台湾的商品，一些游客漫步店中，购买台湾名小吃。福人号召文创基地创始人陈柏菁笑着说："美食是拉近人与人关系、直达心灵的桥梁，希望通过我们的文创奶茶、咖啡、台式烤

▲ 村里的咖啡奶茶铺（古石村供图）

肠等风味小吃,迅速拉近两岸同胞的心。"

陈柏菁是位台商,2018年只身来到福建追寻乡村文创梦想,古石村是他到大陆的第三站。他说30年前在马祖当兵时,曾隔着一湾海水眺望古石,如今选择来此扎根,是冥冥中的因缘际会。他希望把在台湾做文创的经验带到这里,因地制宜,助力古石乡村振兴。接下来,他将继续结合古石村的特色石头厝,完善青年旅社、民宿等业态,打造一个集吃喝玩住于一体的一站式旅游平台。

我们迎着和煦的海风,漫步在栈道上。站在崖壁观景台,这里可远眺茫茫东海,马祖列岛在海天交接处若隐若现;近可看绝壁,脚下散落着形态各异的礁石,像睡狮、奔马、猛虎、老龟,惟妙惟肖。海浪一波又一波地追逐着,欢叫着,涌向岸边,拍打着礁石,激起一阵阵雪白的浪花。它们此起彼伏,前赴后继向岸边推进,这不就是古石人为乡村振兴不懈追求的精神象征!

古石村口摆着一艘扬着风帆的渔船作为图腾,有着"扬帆起航、满载而归"的美好寓意。作为古石村党支部书记的陈锋,无疑是这艘船的舵手。村后山顶的古石为他擂鼓助威,山上数十架巨大的电力风车为他充电加油。

如今,一个崭新而美丽的古石村展现在世人面前。在乡村振兴的道路上,古石村以"搬迁造福"工程改善村民的生活条件,以开发旅游为主要产业拓宽增收道路,凝聚起全体村民的力量,迈着铿锵的步伐走进了小康序列。

该如何祝福古石人?我望着浩瀚无垠的大海,想起海子那首著名的诗歌:"愿你有一个灿烂的前程/愿你有情人终成眷属/愿你在尘世获得幸福/我只愿面朝大海,春暖花开。"

潮涌闽安

张冬青

从闽北武夷山脉几百里逶迤奔涌而来的闽江流过省会福州、马尾罗星塔之后,在这里与左岸源自鼓山山脉的邢港河汇合;退潮时,此处两岸逼仄江流湍急;每当五虎口的大潮涌入,江水便循环往复愈加从容阔大起来,浪奔浪涌咸淡交融。这块派江吻海、被江水和河水拱卫的三角洲风水宝地就是闻名遐迩的千年古镇闽安村。

闽安前扼闽江,东临大海,形胜险要,山川秀美,为江海之锁钥、省会之咽喉,村名取"安镇闽疆"与"闽赖而安"之意,古称迴港。闽安自古便是闽中的军事重地和海上贸易重镇、物资集散中心和对外交流窗口。自隋朝闽安设镇,至唐代已具相当规模,宋代为全闽四大镇之首。明清以来,随着海上贸易兴起,闽安港成为福州海上贸易的主要停泊点和重要港口,海舶穿梭,商贾云集,明代郑和下西洋的船队六次驻泊闽安;闽安闽省盐馆总卡征收的盐税,历来是福州府税务的重要经济来源,武口海关为福建船政提供了雄厚的经济保障。

史上福建沿海的重大历史和军事事件,大多发生在闽安镇与闽江口一带,如抗倭名将戚继光构筑闽安高山兵寨歼灭倭寇;民族英雄郑成功把闽安镇作为收复台湾的战略基地,清代施琅率闽安水师一举收复台湾,其间抗击外国入侵、轮流戍守台澎的军士达13万多人。因军事而兴盛、因良港而繁荣的闽安，千百年来积淀了深厚的历史文化底蕴，至今仍留存诸多古迹，其名人故事、民俗民风、先贤遗文，为福建政治、军事、文化的发展历史提供重要佐证。尤其难能可贵的是众多古代和近代史迹，为闽台关系及中外交流提供实证。闽安村先后获评"中国历史文化名村""省级国防教育基地""闽台乡村旅游试验基地""全国文明村镇""福州市美丽乡村文明建设示范村"等荣誉称号。

有诗云："飞盖当年锡壮名，俨然雨后彩虹横。两三星火蓬窗外，好听渔箫弄月声。"这是古人对闽安村口的千年石桥迥龙桥的诗意抒怀和生动写照。如果说闽安村是一位潇洒倜傥的王子，那么横跨邢港河的迥龙桥就是王子宽广的额际上珍奇且显赫的冠戴。

这个暮春的晴暖上午，闽安村党支书吴明奋、当地文化乡贤杨成和附近老居民引领我自北向南走在长石板条铺砌的迥龙古桥之上，脚下的邢港河水浪翻涌，咸湿的海风扑面而来，几只泊岸的小船随波晃动。

在杨老如数家珍的述说中我了解到，该桥始建于唐昭宗天复元年（901），为多跨伸臂平梁式花岗石桥，是古闽都通往闽江出海口

▼ 闽安村口的千年石桥迥龙桥（闽安村供图）

和闽东地区唯一的大石桥。南北走向横跨邢港的迥龙桥全长66米，宽约7米，长条石板横铺桥面，36根石栏护其两侧，栏柱顶雕刻形态各异栩栩如生的雄狮、海兽、石榴等唐代原构及狮子戏球等明代构件；其下有两墩间隔13米的四座舟型桥墩，墩间铺设重以吨计的硕大石梁。古桥北端为供奉齐天大圣的圣王庙，庙前跨街路亭将桥庙连为一体，桥南连接玄帝亭，亭前立有宋、清两代题字"飞盖桥""沈公桥"的大石碑；像迥龙桥这般呈桥、亭、庙三位一体格局的唐代五孔石桥在中国建桥史上也极为罕见。宋元明时期，迥龙桥是外国商船出入福州港的必经之路，承载着对外交流、对外贸易的关口作用，繁盛一时。

海丝文化研究者一度认为"中国海丝看福建，福建海丝看福州，福州海丝看闽安"。因古时邢港河水流湍急，迥龙桥石梁、石墩常被损毁。南宋郑性之将其重修后，改名飞盖桥；清康熙年间协镇沈公再修之，又改名沈公桥；其后，迥龙桥于清嘉庆、道光及民国年间又几度重修。迥龙桥见证了千年古镇的沧桑巨变，是世代闽安人心中的月亮，堪为这座古老村庄历久弥新的守护神。

眼前五十来岁的吴明奋书记身材壮硕、满脸红光，长年在外从事建筑装修方面生意的他，前几年中流击水勇挑重担，回村担任村党支部书记兼主任，我们的话题水到渠成地转到乡村振兴工作。

吴书记胸有成竹地介绍道，闽安村的乡村振兴就是要以旅游兴村为龙头抓手，进一步丰富完善古村不可多得的自然与人文资源，充分挖掘历史文化内涵，利用水陆交道的便利，使省城及周边的游客能既玩得身心舒畅又颇有收益，打造"生态美、百姓富"的乡村旅游崭新形象。因此，近年来闽安村多方筹资投入上千万进行全方位整治改造，其中包括对古迥龙桥的整修、更换损坏的桥梁、恢复

▲ 闽安村一角（闽安村供图）

条石路面、完整保留唐宋时期的桥梁原构件。

邢港河在村北绕村而过，由于两岸地势较低，以往闽安村每年都会被海潮水倒灌若干次，尤其每月初一、十五大潮，村庄频繁被淹，许多村民都"条件反射"般将冰箱等电器搬至高处，村民为避海水倒灌苦不堪言。村"两委"为加强村庄人居环境整治，赋能乡村振兴，悉心听取村民意见，积极进行邢港河两岸整治。眼下已建成邢港河两岸上千米的水泥石砌拦水护堤，并在护堤后开辟步行长廊，水岸边建筑成排的民宿及相关文旅设施。

闽安村的古迹历史文化遗存中有8座戍台武将与历史名人墓葬、38座寺庙观祠、64处人文景观、166座保存较好的古民居、200多处古商店商行、古街道及众多的摩崖石刻。这些年来，在马尾区相关部门大力支持下，闽安古迹文旅系统保护开发工程已基本落成。古镇旧貌换新颜声誉日隆，旅游人次不断攀升，仅春节假期游客接待量就达 25 万人。

我们从迥龙桥南向进入 T 字形的闽安古街，数米宽的街道清一色用灰白石板条铺路，两旁的民居、商铺除部分改建为两三层的楼房外，大多为陈年的砖木结构老厝，屋脊时见弯曲有致的斑驳马头墙，一副古意盎然的旧时模样。走在前头的吴书记在一座灰褐色砖楼旁介绍，这里是琉球会馆的旧址，明清时，琉球国为两朝藩属国，洪武年间始设的闽安巡检司，是中琉贸易关系的前站重要港口，琉球贡船必须停泊在闽安镇港检验证后，方可驶入福州河口进贡厂。

徜徉石板古街，总感觉脚下有些空洞，老杨告诉我，街巷纵横的古街石板路下有沟渠与河道通联，早年间旧铺路石板间多见缝隙，在其少年时，每逢初一、十五大潮涌入，石板缝间便有螃蟹、章鱼、

▲ 闽安楼（闽安村供图）

小虾跳爬而出，惹得小伙伴们争相抓捕嬉戏。闽安村位于闽江口海水与淡水交汇之处，水产鱼类相当丰富。其中，肉质鲜美、蟹脚和钳都为红色的螃琪为闽安水域独有，福州及周边水产农贸市场热销的螃蜞酱及螃蜞酥，源头大多为闽安渔民水产户捕捞加工制成，年产达数吨且供不应求，中央电视台《舌尖上的中国》栏目曾探访闽安，并为其做专题报道。

位于古街中心、不久前落成的"闽安村史馆"有上下两层，数百平方米的展馆内布置井然有序，图片文字、展品实物琳琅满目，内容翔实，简朴到位。二楼靠街的一面，挂着"闽安华侨台胞联络处"的醒目横幅。吴书记说，闽安村作为远近闻名的侨乡，旅居海外各国的华侨有10000多人，台胞7000多人。闽安华侨爱国爱乡尤甚，每年村里的元宵节、拗九节、千叟宴等活动，华侨台胞都会扶老携幼返乡省亲，也积极捐款捐物建设美丽乡村。

时已近午，我们一行登上矗立在江河交汇处的闽安楼五楼向西远眺，春阳和煦，江风浩荡，眼前豁然开朗，海水正在上涨，闽江口的海浪一波一波往江河推涌，远方的鱼虾都朝这里赶来。宽阔的江面上，成群的鸥鸟翻飞啁啾，满载货物的江轮鸣响着汽笛。一瞬间仿佛时光倒流，我听见当年"闽安门"阻敌深入的拦江大铁索铮铮作响，看见200年间戍台换防的官兵不断从协台衙门署繁忙进出，"郑爷鼻"山麓水岸驻满郑成功左营右营的水兵部属，沿江的一长列战船正扯满篷帆整装待发……这是一个古老的村庄、英雄的村庄、文明的村庄，千年的沧桑与荣耀必将在改革开放的新时代闪烁更加璀璨的光芒。

定海：一座被称为"城"的村庄

叶仲健

位于闽江口北岸、黄岐半岛南侧的连江县筱埕镇定海村，始于晋太康年间，是一座被称为"城"的村庄。这里的城，不是城市的城，而是城堡的城，俗称——定海古城。

古城坐落于海岸线内百余米处，从街口那棵极具地标性的榕树往里走，穿过两旁清一色仿古屋檐商铺的热闹街市，尽头可见"定海古城"四个大字。古城城墙高6米，花岗石条砌就，始建于明洪武二十年（1387），墙体古朴，气势恢宏，上头是呈齿状的垛口，旧时用于瞭望、射击之用。

定海村所处位置地势险要，历来为兵家必争之地，代代驻兵，朝朝设防。元至元二十年（1283），设巡检司，时称"亭角澳巡检司"。元大德八年（1304），改亭角为定海，有镇定海疆之意，并设千户所。明代沿袭元制，设定海守御千户所，首任千户汤斌，隶福宁卫。明洪武二十年（1387），江夏侯周德兴奉旨莅闽整顿军备、防倭戍守，同年冬天，定海古城应运而生，成为护卫八闽海域的重要屏障。

既有城墙，自是少不了一夫当关万夫莫开的城门。与街道相连的是南门，共三道，拱洞状，称为"三重门"，第一道为嘉靖年间所建，匾额阴刻楷书"会城重镇"四字，第二和第三道建于明洪武年间。古城常正中设门，此城墙正中无门，若需进城，要从城墙左侧城门通过，古城朝南，南门朝西，倭在城外，不知城门于何处，易守难攻。

穿过防御力十足的"三重门"，进入定海古城境内，目力所及，有年头的石屋比比皆是。曾经的村供销社如今被改造为博物馆，名曰"定海博物馆"。这是连江县首座村级博物馆，于2021年2月开馆，馆内面积300多平方米，分为上下两层展厅，第一展厅主题为"顺风相送定海湾"，展示定海湾作为海上丝绸之路的重要节点和中国水下考古摇篮的重要历史地位；第二展厅主题为"源远流长定海情"，介绍定海村的历史与民俗文化，展示定海1700多年的历史沉淀以及沈有容、姚启圣、萨镇冰等历史名人典故。

▲ 定海古城（叶仲健 摄）

定海村陆地面积不大，却是不折不扣的人口大村，有人口6500人，2000多户，居民住宅错落有致，对空间的利用达到极致。穿过"三重门"，路两旁是原生态的古旧建筑，往前数十米，民居顺山势而建。从某种程度上说，村民回家的路同时也是上山的路，沿主干道步步登高，宽宽窄窄、长长短短、上上下下的石阶旁逸斜出，游客很可能会误入人家庭院深处，欲原路返回，多半不知去向，迷失于错综复杂的宅落间。这既是方位上的迷失，也是时光上的迷失，让人仿佛穿越历史长河，登高望烽火，听得见鼓角争鸣。

由古城左侧拾级而上，就是亭角公园所在地——"亭"为汉代村落建制，"角"有天涯海角之意，"亭角"为定海村的古称。2019年，定海村将位于古城正中心四角井边的陈年垃圾堆进行清理，同时对周边地质灾害点实施整治，围绕一株硕大无比的古榕树，投资 160 多万元建设了这座公园，串起百年古榕、明代四角井、云磴故道等景点，还在村内投资 40 万元设立了甘棠路观景平台和东山路观景平台。

除了城墙和城门，历史悠久的定海村还有琉球墓遗址和海潮寺两处古迹，此外，一些备战时期遗留下来的掩体、坑道和炮台也别具风味。琉球墓遗址位于定海村长澳，墓碑刻有"琉球国泉崎村五主栗国筑公芝亲云上墓"等字样，是琉球通福州"收入定海千户所"特殊历史的见证。海潮寺建于宋淳熙年间，被九龙山环抱，又称为"九龙禅寺"，寺内珍藏一套 33 册的《房山石经》，为中国佛教史上重要文物之一，乃镇寺之宝。

近年来，定海村启动古城修复，大力开展路面改造、垃圾整治、修建公厕等基础设施建设，对定海村环线、中轴线两条旅游路线实施改造，围绕定海博物馆、衙门前街古街区、千年亭角公园、古瓮城、涧边溪生态景区等热门景点展开修缮整治，大大提升了渔村人文景观。下一阶段，筱埕镇拟进一步开发定海古城旅游业态，将定海街改造成休闲步行街，与千年古城串联，提档升级，锤炼品质内涵，打造专属于定海的独特风光。

城因海而生，海因城而名。古城坐北朝南，北靠植被茂密的山峦，南向沿线绵长的定海

▲ 定海古城第一重门（叶仲健 摄）

湾。定海湾海域面积 135 平方公里，扼闽江口和敖江口，素称"闽江北喉"，系进出福州港的海上门户，也是福州港闽江口北上航道的重要通道。三国时期，定海湾就已经出现航海活动，唐末五代，闽王王审知在此开辟了甘棠港站点，随着航海和海外贸易的发展，定海海域海运繁忙，成为古代海上丝绸之路的重要节点。

定海村村民靠海吃海，有的从事近海捕捞（通常半天就能来回，最多不超过 3 天），有的从事海带、海参、生蚝和鲍鱼等养殖及海产品初加工，有的从事海上工程作业和海上运输。定海村这两年在养殖业方面取得长足的发展，有深远海大鱼网箱养殖装备 11 台，年产量 2600 吨，其中福州与上海振华重工集团合作建设的"振渔 1 号"宛若小岛屹立海中央，具备自动转网、自动投苗、监测海水指标、风力发电等技术，仅需两三人即可养殖数以万计的优质深海鱼。

接下来，定海村将继续推进"百台万吨"深远海装备养殖区项目建设，打造连江县深远海绿色养殖试验区和深远海养殖示范基地，围绕深远海规模化养殖对技术装备及产业配套的需求，促进关联产业发展——服务百台万吨平台的渔港服务中心已在紧锣密鼓的建设中。"养殖+旅游"是海洋渔业未来的发展方向之一，如何与这些养殖平台合作，开通从沿岸到平台的轮渡并提供海上住宿、餐饮等旅游服务，也是定海村近年来一直思考的问题。

川流不息的海洋及丰富的海洋经济孕育了别具一格的民俗文化，定海村村民食海而渔、傍海而居、赁海而市、喜海而歌、敬海而祭，至今保留一年一度的海上龙舟竞赛活动。据连江县志记载，400 多年前的明朝初年（1368），戚家军驻扎定海村抗击倭寇，在端午节到来之际，戚继光组织官兵利用小舢板在海上开展竞赛，一来缓解北方兵员的思乡之情，二来提升军队的水上作战能力，后来这种竞

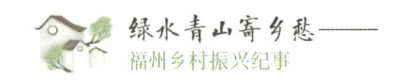

赛活动渐渐被当地村民们所效仿，演变成海上赛龙舟活动。2019年3月，定海海上龙舟成功入选第六批省级非物质文化遗产代表性项目名录。

名列连江县著名"三湾"之一的定海湾，散布岛屿14个和礁石22个，当地称之为"三十六暗礁"。因多数岛礁在退潮时才露出水面，加上古代航海技术落后，触礁是造成当时沉船事故多发的主要原因。自1989年中澳合作在定海湾进行我国首次水下考古开始，经多次水下调查与发掘，发现了宋元至明清等不同时期的沉船遗址、沉物点20多处。这些遗存揭示了定海湾在福州港发展史上的重要地位，遗存的挖掘也孕育了我国水下考古事业，正因如此，定海博物馆一楼展厅才有国家博物馆原副馆长张威的题词："定海·中国水下考古摇篮。"

波澜壮阔的定海湾堤坝之上，一条宽阔整洁的水泥路，是进出定海村的通道，置身其间，可见右边浅海里停泊着一艘艘等待出海的渔船以及从事海上运输和清淤打捞的船只。人生海海，山山而川，徜徉于此，一侧是古朴厚重的古城，一侧是波光粼粼的海湾，享受海风的同时，你能领略古城的神韵，大可以矫情一回，把自己当成MV的主角，在满是喧嚣的尘世里，偷得浮生半日闲。

海是流动的海，城是凝固的城。经过上亿年形成的石头，被先辈以建筑的形式凝固于此，屹立于悠悠海岸，是历史留给后人的财富，弥足珍贵，闪耀着历史的光辉。为展示与传播定海文化，唤醒人们对古定海文化的保护与传承意识，定海村成立专门工作小组，收集整理散落民间的文物、珍贵图片、影音资料、俚语和民谣等，同时走访省、市、县有关单位考证相关历史资料，追根溯源，充分挖掘滨海旅游资源，融入文化小镇创建，让更多人知道这里有一座被称为"城"的渔村，名曰——定海古城。

凤凰于飞，梧桐是依

庄梅玲

一

凤凰乃百鸟之王，多有吉祥平安之意。自古以来，诗词歌赋、文人笔墨中的凤凰哪一只不是辉煌大气、雍容华贵、频频款款？于寻常烟火中，有凤来仪不得不说是一种期盼，一份殊荣。

在福州市马尾区的琅岐镇有座村庄唤为凤窝。凤窝，顾名思义是为众多凤凰栖息之所，以此为名的村庄单听名字就叫人艳羡不已，心神俱向往之。四月未央，如约而至。得周末闲暇，我同母亲驾乘暖人春风，在导航指引下，沿着沈海高速穿隧道、跨桥梁，转亭江高速出口，便进入了琅岐镇领地。

▲ 凤窝村（凤窝村供图）

二

千千万万年来，滔滔闽江水自巍巍武夷万山丛中浩浩汤汤，朝向辽阔的东海奔腾千里。翻涌的江水蜿蜒欢歌，步履铿锵，裹挟数以万计的泥沙，于入海口孕育出一方 92 平方公里的冲积平原——琅岐岛。

"琅者，光彩艳丽，晶莹似玉；岐者，如柱之山，峻茂之岭。"雄踞闽江入海口的琅岐岛中部是丘陵，四周为平原，它三面环江，东面与台湾海峡的马祖列岛相望。腾空俯瞰，琅岐岛漂浮于盈盈江面之上，恰似一块硕大的珠宝，在洪波映衬下折射丰润透绿的光泽，叫人啧啧惊叹。

琅岐这座海岛小镇，历史悠远，最早记录始于唐代，隶属闽县晋安乡海畔里。悉数变革，于 1995 年 11 月纳入了福州市马尾区。

驻守东海与闽江要口处的琅岐岛，其地理位置的重要性不言而喻，它是一道门户、一座隘口：南来的、北往的在这里聚集，又从这里去往更辽远更宽广的地方。

话说明朝时期，郑和下西洋，曾先后三次率船队从闽江口五虎门浩浩荡荡驶进琅岐镇的甘棠港，或避风或休整，补充食物、淡水，同时招募船工。而甘棠港就在凤窝村的龟山对面。

三

暮春，绿荫冉冉，花事阑珊，风里透着丝丝香甜。

伫立防洪堤坝上，举目远眺，茫茫江面三两艘渔船往返撒网，六七只鸥鸟斜着翅膀低空掠过。龟山一左一右，一南一北，慵懒地匍匐着似休眠状。偶尔有货船经过，不忍鸣笛打扰，缓缓前行。

同行的陈老先生介绍说，早年有村民在龟山对面挖出了一条长40米、宽5米、自南向北朝江中延伸的花岗岩条石路基。这一发现，无疑证实了考古学者的推论：这里就是当年雄霸一方的甘棠港码头。

据历史记载：唐末乾宁年间，王审知主政福建，为改善海上交通和发展贸易下令开辟港口，唐昭宗赐号为"甘棠港"。

"轻舟朝发，乃一夕可至。南望交广，北睨淮浙，杳若一尘，乘风轻柁，顾不过三数（日）。""虽画鹢争驰，而长鲸弭浪，远近闻而异之。"翻阅古籍我们不难发现，古人对于棠港的描述多有溢美之词——枕闽江、襟东海的甘棠港，在自唐末辟港直至宋代的漫长的历史时期里，人烟繁盛、国内外贸易盛况空前，时为闽东南海上丝绸之路重要的商业港口之一。

风雨沧桑，人事浮沉。曾经鼎盛数十载的甘棠港于时光洪流之中业已湮没，了无影踪，实为遗憾。但雁过留声，循着诸多遗址、典籍，我们亦能轻易地勾画出一个吐纳四海物产、聚散五湖商贾的甘棠港。

过去已去，未来可来。我们期待着！

四

宽7米、长25.68公里的三车道水泥路，游龙般盘桓琅岐岛一周。道路中间和两旁的隔离带里绿树红花相衬，再往外看，一边是农田和村庄，一边是昼夜无休的匆匆水流。

环岛公路、跨江大桥的建设无疑打通了海岛的任督二脉，使之走出去的步伐更加稳健自信，也吸引着更多的游客慕名前来。

久居城市的人儿若是奔着江海而来，不妨将车子停靠路边，登上堤坝，随便找一个观景台迎风驻足，意守丹田，呼山唤海。抑或甩掉高跟，赤脚踩在沙滩上，瞪圆双目，辨认文蛤、花跳鱼、沙蟹的家门朝向。

当然，时间宽裕的话也可像我一样在环岛路上任意找个分岔口，拐进某个村庄，品一盏宋井清泉，尝一杯四月枇杷汁，摘一串六月美人指。

如果还能像我一样幸运，路遇"礼部尚书林存""陈文肃"，策划"一带一路"新文案，或同"兵部尚书王祖道"一起纵横南北，捭阖天下，甚是美哉！

你以为这一切都是我个人的凭空想象？不是的。

当我端坐在一张简易茶桌前，随着袅袅茶香腾起，陈书记和朱理事长的话匣子刚打开，凤窝村的前世今生便如潮涌一般激情澎湃。

五

6米宽的水泥路贯穿凤窝村南北，两旁的庭院别墅一字排开，齐齐整整，利利落落。每一座院门口都摆放着造型各异的绿色盆景，琉璃瓦墙头也总有三三两两枝条探出头来，窥视往来客。

许是来得早，村子里安静得很，几乎看不到行人，直至遇到陈书记才知道：凤窝村总人口有4800多人，三分之一在国外，三分之一在省城或外地，剩下的三分之一要么在田间务农，要么在海滩作业，要么就是在度假村抑或民宿接待客人。

在陈书记的带领下，我们有机会拜访凤窝村最美庭院——朱家。朱家的大门向内开敞，尽管门口没有狼狗守着，前头也有人带着，我和母亲还是下意识地放轻脚步，探身进入。

院子足有三四百米见方,整洁有序。左边排列着竹子、香樟、伏地绿植,右边则是一垄一垄菜地,俯身近看:有扁豆、空心菜、葱,韭菜早已按捺不住性子,破土而出,身姿摇曳。院子中间一条有浅灰色火烧石地板直通主建筑大门,再向左右两侧拐弯延伸至屋后。

主建筑为三层砖构房,欧式风格,五步台阶抬高,与院子形成错层。左边罗马柱围成连廊,右边楼顶后方竖立着一座圆形塔尖的钟楼,别具一格。

朱家女主人闻声走出,倒也不震惊,满脸和气地邀我们到院子右边的小木屋坐坐——在那里,男主人和他的朋友就着茶香,聊得酣畅淋漓。

▲ 凤窝村民居(凤窝村供图)

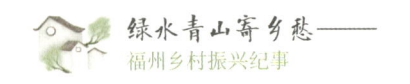

告辞出门，我们沿道路向前走，路边大片大片田园延展，种着芭乐、龙眼、杧果、樱桃、葡萄等果树。每片果园的角落都用木栅栏围着一间木屋用于存放农具，每间木屋前，无一例外地陈设着大大小小的花盆。我们经过时，花盆里的紫云英、朱顶红、栀子花、马齿苋开得正欢。

六

凤窝村从不缺故事。

即便沉寂了一段时间，那也是在自我调整，自我革新、寻找一条可持续发展之路。有人走出村庄、跨出海岛，有人带回了新的想法、新的见解，有人则和村民们一起，将村子里的每寸土、每寸地翻了又翻，晒了又晒。

一代又一代的凤窝人从未停止垦拓，他们齐心协力同画一个圆，共筑一个梦，于是村庄一年四季、一花一草、一石一木无不洋溢着幸福的味道。

你看，现如今的凤窝村，春天可以欣赏成片成片的油菜花开；夏天可以在沙滩上露营、追斜阳、捉鱼虾；秋天可以钻进果园摘葡萄、尝芭乐；冬天可以借宿民居围炉品红、黄膏蟹。

当然，凤窝村的精妙远不止于此。单看那保存完好的古树、古井、古民居、古寺庙、古码头便可知，乡土情怀已然在这里扎根，成为一道别样的风景线。

凤凰于飞，梧桐是依。村子里青山在、绿水在、乡愁在，根便也不会枯败，众木成林，引来无数凤凰落巢也未可知。

七

始建于清康熙五十七年（1718），道光二十九年（1849）由林则徐主持重修的金牌炮台位于凤窝村的烟台山，因其形势险要，与隔江的长门炮台形成掎角之势，成为防守闽江的第一道要塞。

▲ 凤窝村双龟山（凤窝村供图）

千百年后的我们来了，依山势拾级而上，在齐腰高的蒿草丛中找寻江岸炮台、前沿炮台。抵达山巅时，两个圆形土坑仰天敞开，边上宽8米、高3米的残垣似乎在告诉我们，这里曾有过鼓角争鸣，曾有过刀光剑影，曾有过妻离子散的苦痛和保家卫国的壮志——

光绪十年（1884），中法战争爆发，法国军舰入侵闽江口，金牌炮台守军杨金宝部成功将其驱逐。

民国三十年（1941），福州沦陷，金牌炮台不敌，沦为废墟，迄今仍在等待专家、学者和地方协力复原炮台当年的雄姿。

绿苔新泥，江上清风徐来。暮鼓响起，我和母亲依偎着站在烟台山顶向下望，凤窝村正被夕阳涂抹上一层薄薄的金黄，温暖而闲适。

不远处，排成一列的吼天虎、仰天虎、回头虎、欲跃虎、抚子虎犹如五个威武的勇士，蹲伏入海口，发出虓虓之声，守护一方安稳。

再远处，马祖列岛波浪起伏，涛声依旧。而近在眼前的双龟山岿然不动，静看潮起潮落。粼粼江波之上的琅岐双塔大桥上车来车往，叫人心旌摇动，莫名兴奋，心口不由得腾起一股锐不可当的力量，崭新的希望熊熊燃起——

谁能否定，若干年后的凤窝村不会以另一种姿势挺立，成为领航闽东南的一座新地标？

闻得梅花扑鼻香

陈腊梅

梅花，在长乐18个乡镇（街道）中，独以花命名。你或许会诧异，一个南方小镇，为何会以这种本地并不常见的植物为名。来不及细究，念出声来，只这"梅花"二字就让你觉得花香扑鼻，清冷作响。汉语的精妙之处在于，有些词语，只要经过耳朵，你周身的感官都会被调动起来，不自觉地勾勒出一幅完满的意象：满山梅花，梅之夭夭，映着远方的晚霞，淡淡的绯红连天。说起来惭愧，身边梅花亲戚朋友众多，一直邀我前往，却屡屡因琐事缠身，不能成行，记忆中的梅花还停留在多年前的那匆匆一瞥。

20多年前，正是深冬之际，一大早，我跟着一众亲戚坐着大巴，沿着金梅线前往梅花探访久病的远亲。到了目的地，天还未大亮，四下微霜冷冽，远远吹来的海边的风在耳畔呼啸，近处的梅花城如剪影一般，在晨雾中若隐若现，仿佛旧时光的一声叹息。

当日行程短暂仓促，没有见到想象中的满目梅花，同行长辈说梅花古城自古以来以种植梅花得名，不过现在梅树稀少，基本已不见梅花踪影。带着一丝遗憾仰望远方，天尽头一片茫茫的灰色的海，正是天光未明之时，雾霭正浓，恍惚间，我不禁改了改杜翁的诗："无边落木萧萧下，不尽梅江滚滚来。"来不及等天光来时细看，我们又匆匆坐上大巴向另一个地点出发。坐在车上，忍不住回眸望去，

▲ 梅花古城一角（姜亮 摄）

只见远处渔船星火点点，明灭相间，这一幕，仿佛来自远古历史的回声，在我心里反复回响，如丝如缕，模糊而淡远，却声声不息，时时呼唤着我去完满它、充实它。

匆匆一别，再见已是今朝。今日的梅花镇不再是偏安一隅的东南小镇，得力于各级政府的大力开发保护，它已经充分具备了"网红"景点的特质，"梅"景"梅"食，让人目不暇接，忍不住心向往之，欣然前往。

汽车沿将军山一路蜿蜒而上，时有转弯，初极狭，才通车，复行数十步，豁然开朗，满山的浅粉色，悄然而至，美得让人猝不及防。我和一行朋友下了车，穿梭在梅花丛中。正是冬尽春来之际，一朵朵小小的梅花犹抱琵琶半遮面，姿态姣好，若二八少女待字闺中，浅浅低吟小调。忆起那日大江东去之沧桑梅江，此情此景，已是截然两种况味。

梅花朋友颇为自豪地介绍，别看梅花小，这里的品种一点也不单调，宫粉梅、白梅、绿萼白梅等，都是新近增添的名贵花种，只为博赏花人会心一笑。看这树上有梅,凌寒而开,地上铺梅,落英缤纷,无意间铺成的梅花小径仿佛进入桃花源的入口,让人觉得神清气爽,美景天成。

观罢梅花,沿着梅城社区颇有年代感的小巷步行,仰望路旁的一座座古厝,特别是历经风雨重新修缮的东城门、林位宫、乡约所等建筑,海防古镇的韵味扑面而来。

梅花镇位于闽江口南岸,宋元时设有巡检司,明洪武十年(1377),时值倭寇猖獗,频繁进犯明朝沿海疆土,烧杀抢掠,无恶不作,沿海百姓不堪其扰。明太祖朱元璋下旨在全国沿海要塞筑城御倭,江夏侯周德兴奉命督造梅花城,以防海盗。明洪武二十年(1387),周德兴在闽江口南北岸的长乐梅花、连江定海分别建造城池,驻兵防倭,成掎角之势拱卫福州城。建成后,梅花城墙高耸,古厝毗连,祠庙林立,阳刚之气充溢其间。史料记载了当时城墙雄踞东南的壮观景象:"城高一丈八尺,广六尺,周六百四十八丈,女墙一千二百二十个,战楼二十有四,东门濒海,南门面山,西门是水门,潮至时船可直抵城下。"同时朝廷在梅花置千户所,派卫指挥一员,副千户一员,镇抚一员,百户一员,又调世袭铁印官13人,屯军1540人。自此梅花城有了盔甲,有了凛然不可侵犯的底气。600多年的潮起潮落,给梅花古城增添了与众不同的烟火气。在小巷边随意找了家鱼丸店驻足,坐在门口的是热络聊天的一家四口,当家的老板是个笑盈盈的中年人,他和家人们一边有一句没一句地拉着家常,一边动作利落地捏着鱼丸,一粒一粒地放入旁边的锅中。在他们精巧的手势里,小小的鱼丸仿佛有了灵性,扑腾扑腾跳下水,又扑腾扑腾地在热水里翻滚,不一会儿,鱼丸的香气就在小巷中四散开去,引得周围游客们纷纷探头询问,中年老板顿时又多了个招

▼ 梅城社区好风光（姜亮 摄）

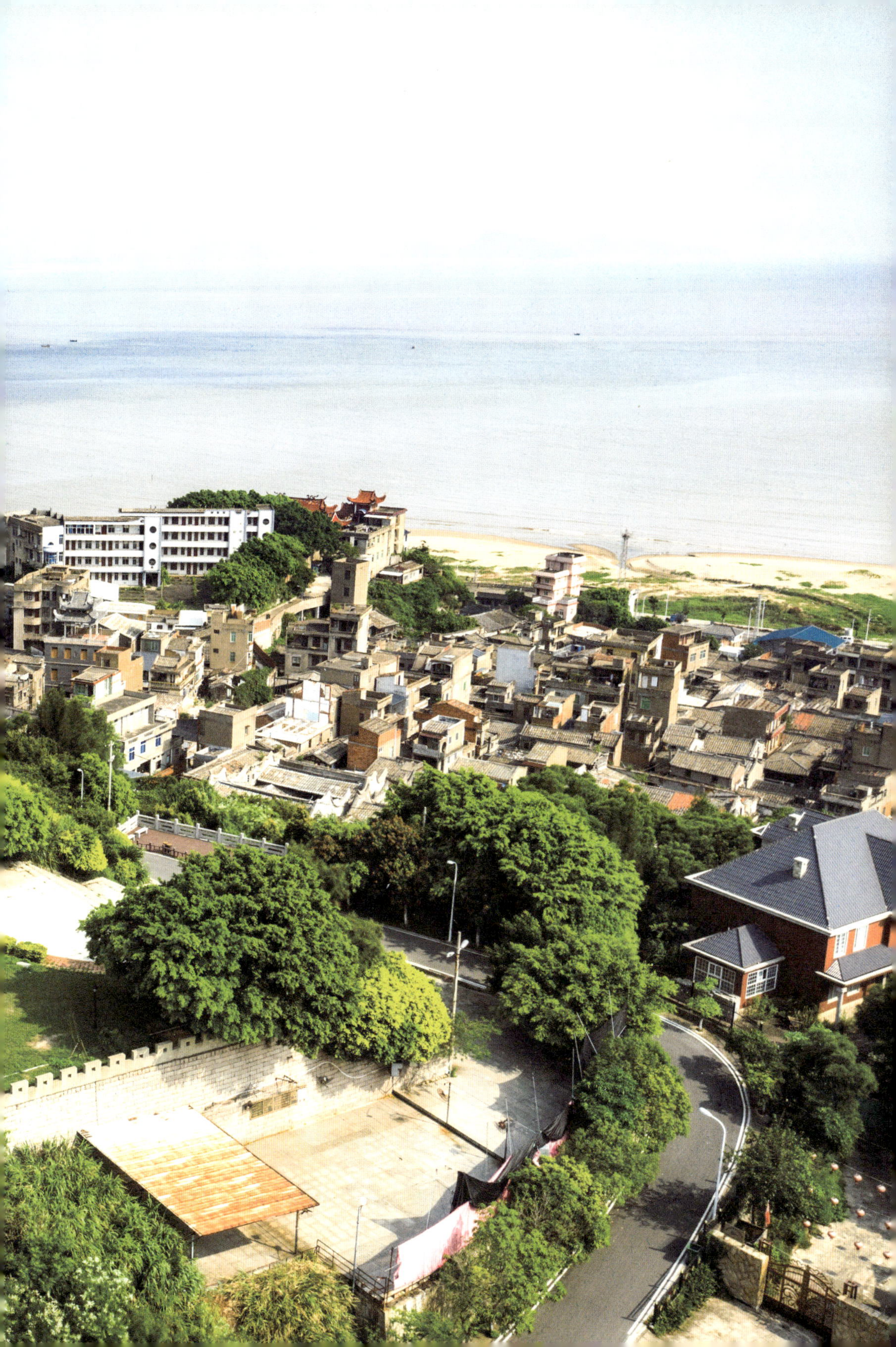

呼游客的工作，开始介绍起自家梅花鱼丸的特色来，那眉飞色舞、滔滔不绝的样子，可比介绍自己孩子还上心。

"鱼丸"这两字在长乐，前面若加上"梅花"二字，是很受欢迎的。很多长乐人已经到了非梅花鱼丸不吃的地步。吃得讲究的老饕，只需一口，就能分辨出眼前这粒小鱼丸是不是来自梅花。海外归来的游子，吃一碗梅花鱼丸才真正感觉到自己回家了，那种口感从舌头延伸，瞬间弥漫了全身，是每个毛孔都享受的"透脚"。亲临现场品尝，你更会相信，梅花人一代代口口相传的技艺没有丢失，梅花鱼丸的精髓还在，它已经渗入长乐人的味蕾，成为毋庸置疑的长乐美食地标。

想来也是别有一番意味的，如同梅花鱼丸一样，一个梅花人在人群中，你能轻易将他认出。他公认的特别的口音，最为出名的"这刀""那刀"，是在长乐人人皆知的俚语传说，因为梅花独特的地缘，让梅花和海、和附近村庄、和邻近区县，产生了千丝万缕的关系，这关系潜移默化，便让梅花人自然而然地带着点与众不同。他不说话时，又有一种妥帖和干净的气质，长乐人形容这样的气质谓之"清楚"。这"清楚"二字和"梅花出美女"之俗语遥相呼应，却又不止于此。与梅花朋友相谈，甚感自在，待人温谦有礼，腹有诗书，却不外显，刚柔并济，却不蛮横。不过，有一点让人心生微词的是，每每与梅花朋友在外吃饭，你得忍受他对餐桌上食物的吐槽：

▼ 梅城社区全貌（姜亮 摄）

这鱼实在吃不来，我们梅花处于淡水和咸水交界处，鱼的味道特别丰美，没这么腥；

这炊鳀，还是用我们梅花人的古法做得好，先用盐巴腌制，再炊熟晾干，鱼的鲜味可一点没丢；

这还只是对食物上的偏执，坐下来多聊几句，我们的梅花朋友就开始转移话题了：

我们梅花的历史呀，那可是非常悠久，最早可以从唐代算起，我说给你们听听；

我们梅花和很多村庄渊源都很深，潭头的克凤，闽侯的兰圃，连江的壶江，文岭的许庄……和这些村庄的走动比亲戚还勤呢！

得对家乡有多么深沉的爱，多么执着的认同感，才能让梅花人总是在经意不经意间，把自己变成家乡的人工宣传片，全然不顾周围其他乡镇人民的感受，开始有点"不清楚"起来。嫌弃归嫌弃，你不得不承认，梅花在你的心里早已生动起来，不但有香，有味，还有情，有景，有那么多不可言传之妙。

只有身临其境，你才能了解梅花人的"清楚"来之何处，更能对之心悦诚服。在这里，新建成的梅花古镇历史风貌展示馆庄重大气，提升改造后的西施弄精致干净，将军山上的梅壶友谊楼高远静谧……梅城社区的路边小屋、砖房，无论高的矮的，新的旧的，前前后后都收拾得清清楚楚，利利落落，其中错落点缀的几棵绿植，看似有心，却浑然天成。面容白皙的梅花姑娘，跚蹒行走的老妪，背着书包穿过古墙的孩子，你似乎在过去，似乎在未来，视野远处，大海奔流不息，时光如此厚待这里，又仿佛遗忘了这里，宁静得如同千年前一样。它并不是我们这些游人的家乡，却在细细品鉴中被具象化，被想念，让我们如同经历精神上的返乡，享受前所未有的身心的安宁。

古厝之光

旗杆上的荣光

张 茜

4月,闽江水丰沛妖娆,一袭岚烟纱丽,轻轻笼罩在上街厚美村上。村子朦胧婉约,古老的七柱大厅和大本厝端坐其间,门外旗杆向天矗立,更显神秘。

石板路闪着亮光蜿蜒行走,七柱大厅和大本厝相距不足百米,它们属于一个家。前者为父亲张淑显所建,后者为儿子张大本所建。时间在屋厝上走过两个世纪,后代族人繁衍上千。古厝内外,果树掩映。荔枝、龙眼、杧果,树身一搂,枝繁叶茂,丰硕果实。树干上树皮厚积疏松,仿若袖珍田畴,苔藓、鸡脚草、骨碎补,岁岁繁华葳蕤,营造出一派树上盛景,烘托着七柱大厅的繁盛,烘托着大门外巍然屹立的六副旗杆,彰显一个家族的努力、勤奋和荣耀。

张淑显,清乾隆年间的太学生,结业后,继承祖业——加工药材乌梅和干果。这门张氏,祖先原居中原河南,接力辅佐几代朝政,辗转南移,退隐至福建梅李之乡永泰。张氏因地制宜,将鲜梅变为药材及果脯,成功转型手工业,一步步向省城福州迁移,安居水运之路——闽江下游南岸冲积洲畴川,也就是现今的厚美。张淑显经营有方,在苏州开起"显记"货栈,运去乌梅和干果,运回丝绸和苏绣。他迅速发家,盖起一座七柱大厅宅院,外加一栋私塾书斋。书斋环植翠竹,遥对旗山,雅称"环翠楼"。

▲ 大本厝（张茜 摄）

　　张淑显经商有方，治家有方，教子也同样有方。四个儿子大榕、大椿、大标、大本，个个饱读诗书，精通韵律，才华横溢。七柱大厅起扇那天，长子大榕中举发榜，双喜临门，大宴宾客。大榕同窗好友林则徐，从福州赶来道贺，夜宿环翠楼，挥笔写就："朗月照人如鉴临水，时雨润物自业派根。"

　　张淑显依靠乌梅、干果发家，对植物花果也爱到了生命里，给儿子们取名大榕、大椿、大标、大本。建宅时他在门前埕上栽植龙眼、荔枝、杧果，而今蓊郁成园。后院两棵龙眼，枝叶交错空中，串串果实悬垂如铃，200年后的一个初冬晌午，与我初次相见。

　　七柱大厅宅院，今人称之为淑显故居。一道道门槛高过膝，让人在每跨过一道门槛前，都有思考和观察的机会。我知道，彼时的高高门槛，象征着高高的地位，但谁说高度不是一种对人生的要求和准绳呢？至少我是这样认为的。高度犹如高峰，激发人向上攀登的决心和动力。

距离七柱大厅不到百米的大本厝，显然是由张淑显的幺儿建造，并以他的名字命名。张大本，出生于清乾隆五十一年（1786），迄于清同治九年（1870），享寿84岁。乡人对其评价颇高：自幼性情温和，事母至孝，精通诗书，深明礼仪，表率子孙，为人坦荡，胸怀家园，疏财仗义，乐于公益；修支祠、续族谱、卫堤防，以及排难纠纷，一身任之，弗辞劳苦，乃当年极具威望之乡绅。

▲ 厚美村的淑显故居（张茜 摄）

大本厝建于1833年。这座显赫榕城西门外的三进大厦，令大本夫人和舅子名扬至今。其时，张大本家境富有，夫人却勤俭持家，每日把节省下来的碎银铜板，一个一个装进大花瓶，待到建房之时，悉数取出，贴补资金缺口，在族里传为佳话。还有张大本的两个舅子，在闽北经营木材生意，得知姐夫建造房舍，便分头从深山采买上等油杉木料，扎成木排沿江而下。一张张木排，铺满闽江水面，蔚为壮观。接货时日长达7天，乡人无不咂舌钦佩。

这座三进大厦，三柱厅、五柱厅、七柱厅，三进三院，附属撇

▲ 厚美村的张家大院（张茜 摄）

舍、厢房、横厝，有大小房间近百。屋宇高敞，雕梁画栋，雄伟壮观。大本厝左右环拥花园、后花园、假山流水、奇花异草、名木嘉果，四季芳菲，占地20多亩。

这座三进大厦更有着人文鼎盛与辉煌。三进厅前、堂内，依次张挂5块"文魁""武魁"牌匾，更有高悬最后一进七柱大厅正梁上方的同治皇帝"诰命"。

张大本家五子登科，5个儿子依次中举文魁武魁。佳讯传到彼时当朝皇帝同治耳中，令他龙心大悦，御笔钦赐"诰命"于张家，以示褒扬与恩典。

迎匾那日，张家大院鼓乐喧天，鞭炮阵阵。张大本带领子孙，早早恭候在洪塘渡口，跪地高举双手接过鎏金龙凤"诰命"牌匾，护拥至大本厝，敬奉横案之上，并令全体家人更衣净手焚香，三拜九叩，以谢浩荡皇恩。远近乡绅、睦邻，纷纷前来祝贺。

方圆数十里，唯大本厝独有进门台阶5级。其寓意为"九五"，皇上特赐，也表现了张家位高而不自傲的谦和德操。

大本厝而今成为影视《南少林》《台湾第一巡抚》《少年林祥谦》《少年侯德榜》的取景地，可我认为大本厝、淑显七柱大厅、环翠楼里发生的故事，如张大本擒贼记，足以媲美电影或电视剧，真实、生动、富有教育意义。

那是某年冬天的一个晚上，张大本和往常一样，围绕大厦巡视一遍，关门上锁，回三柱厅正房安歇。他沉睡中隐约听见家里有动静，连忙起身查看，只见五柱厅内有微弱灯火在移动。家里来贼了！张大本心里一惊，轻脚快步，走至长子房门前，轻声喊道：九九快起，家里有贼。长子俊杰迅速召集兄弟、家佣，把住五柱厅门。张大本随即对贼人大喊：小小窃贼，快快出来！小贼只得束手就擒。

但张大本不许家人打骂小偷，在了解实情后，赠予银两助其回家赡养寡母，做些营生。家人不解，张大本说：人总会有失足之时，只要动之以情晓之以理，令其迷途知返，走上正道，岂不救了一个人、一个家吗？事实上正如张大本所言。这偷儿从此改邪归正，做起小生意，娶妻生子，孝敬老母。时隔多年，张大本长子张俊杰，金榜题名武举人，回永泰张氏祖地修书祭奠，竟路遇当年的小偷。对方扑通跪倒在地，连连拜谢，并拉着张俊杰来到家中，杀鸡宰鸭，款待谢恩。

以小见大，张氏族谱这样赞誉：大本公德高望重，宽宏大量，积德行善，践行了儒家传统的与人为善、以理服人的思想，真是后代人的楷模。

闽江水滔滔向前，镇党委、政府乡村振兴出举措，铺上复古石板路、粉墙黛瓦，用一条历史文化长廊连接淑显七柱大厅、环翠楼、大本厝。悉心呵护，保护乡村之魂，高高擎举旗杆上的荣光。

中山村的"慢"味

丁彬媛

如果可以,来到嵩口古镇中山村,请不要急于拜访毗邻的古码头渡口,它见证着村子的历史变迁,过于厚重;不要急于深入富有古朴况味的古民居,去翻阅厝里一梁一柱年轮里的朝代烙印;也不要急于品尝山民四季辛勤奉上的、独属于此间风土的各类特产美食。我愿意先放慢脚步,接受村里鹅卵石的邀请,漫步在历经千百年溪水打磨淘洗的鹅卵石铺就的古道上,举步之间,仿佛故事从千年前开始上演,春夏秋冬、节令轮回、人世浮沉,在一瞬间于脑海内匆匆闪现。

一、集贤保

都说要避开车马喧嚣,到乡村修篱种菊,过向往的慢生活,而中山村在开始乡村改造之时,就定下了其"慢"的基调和温度——37℃,这也是整个嵩口古镇的基本定调。这个温度,表明了一个态度,就是这里不必是极致的、商业态的沸腾模式,而在于保持古村温润如常的质朴纯真之态,用这个温度,留住在此土生土长的原住民,引来源源不断的游客。

2008年,嵩口古镇在启动改造后的第5年被评选为"中国历史文化名镇",成为福州市第一个国家级历史文化名镇,而位于古镇中心位置的中山村也因享誉"民间古民居博物馆"称号,于 2015 年列入第三批中国传统村落,也算是在网红古村的赛道上"出圈"了。

众人都道嵩口好,却鲜少知道镇里的中山村,就连《嵩口模式》一书在推荐村落的章节,也仅提及了月洲村、大喜村、里洋村等村。我曾两次到嵩口,但直至此次到访这个名字陌生的村子,才发现这些走过的路、看过的古民居、吹过的古码头上的凉风,正是我最初的嵩口印象。

中山村是嵩口镇的一个行政村,其中有前局、前林、大门头、下井与山后小自然村,全村总面积 8 平方公里,大樟溪直穿两岸,东至月洲,西接月厥,南连道南,北毗嵩口至芦洋大桥,处于嵩口最核心的繁华地段。嵩口自古被称为永泰的南大门,地处交通要冲,毗邻中山村的古码头渡口,引得四方商贩云集,古码头门楼上的匾额赫然写着的"群贤毕集"四字,是某任县长挥笔所题,后由当代著名诗人、书法家赵玉林老先生泼墨书写,门楼两侧还有一副"观日月盈昃悟人生之道,念乾坤辗转宁命运所裁"的对联,都是对这里招迎千帆百客的历史场景的见证。

二、古码头

大樟溪如一条青龙紧紧围绕嵩口村庄,从空中俯瞰,整片古村恰似漂浮在溪水之上的舰船,船头的中山村掌舵,驶进嵩口古往今来的滚滚浪潮里,见证着古码头渡口的鼎盛风采。

沿着防洪堤游步道一路行走,就来到了古码头广场,一棵大榕树在此站岗,不同于常见的吊须榕树,这棵小叶榕的根须仿佛融进了其硕大的身躯和枝干中，根脉饱含着溪水和村子的呼吸，承载了400多年的光景。曾经，沿溪这一带种有20多棵该品种的榕树，现仅剩两三棵。

顺着码头鹅卵石路往德星楼方向漫步，曾经这里是用石栏杆将溪水与村庄隔开，显得板正木讷，后来石栏杆被撤去，村里的日常生活又与河岸重新建立起联系，连接起过往与现在。岸边用竹子搭建起的船舶模样的休憩棚子，将回忆拉回古码头渡口那些千帆竞发、百舸争流的峥嵘岁月。

嵩口历史上是四府五县接合部，三面被大樟溪环绕，这天然的古渡口，一直是大樟溪上下游物资的集散地，是尤溪、德化、仙游、莆田等地物产的重要中转站。商船货船多停泊在德星楼正下方的楼下潭，最热闹的时候，这里能有50多艘船，这些船将李干、茶油、香菇等土特产运往福州，再带回海产、布匹、京果之类，长此以往商旅接踵而至，逐渐形成繁华的街市。

德星楼附近曾设有官渡，也称"义渡"，这可从楼下立的"重整义渡碑"上窥得一二，上面刻着喜轿、肩挑盐担、棺柩等可少收或不收钱。而在德星楼右手边，米粉街尾溪边通往山后村的溪潭设有一私渡，过渡要收些许钱财，以养活艄公。据说，村民乘船过溪，除了村里出部分资金垫付船费外，村里每户每月也要给艄公一两块作为船费。

进入德星楼拾级而上，穿过门楼，听见直街上的叫卖声堆叠，鹅卵石古道两边的货摊上摆有蛋燕、九重粿、秋菊粿、满洲糕、绿豆糕等土特产，还有必不可少的李干、梅干、无花果干、花菜干等各种蜜饯、干货。现在这里沿街的货摊主要是面向外来游客，而曾经这条直街以及横街、米粉街、土地堂、关帝庙街上，挤满了来自

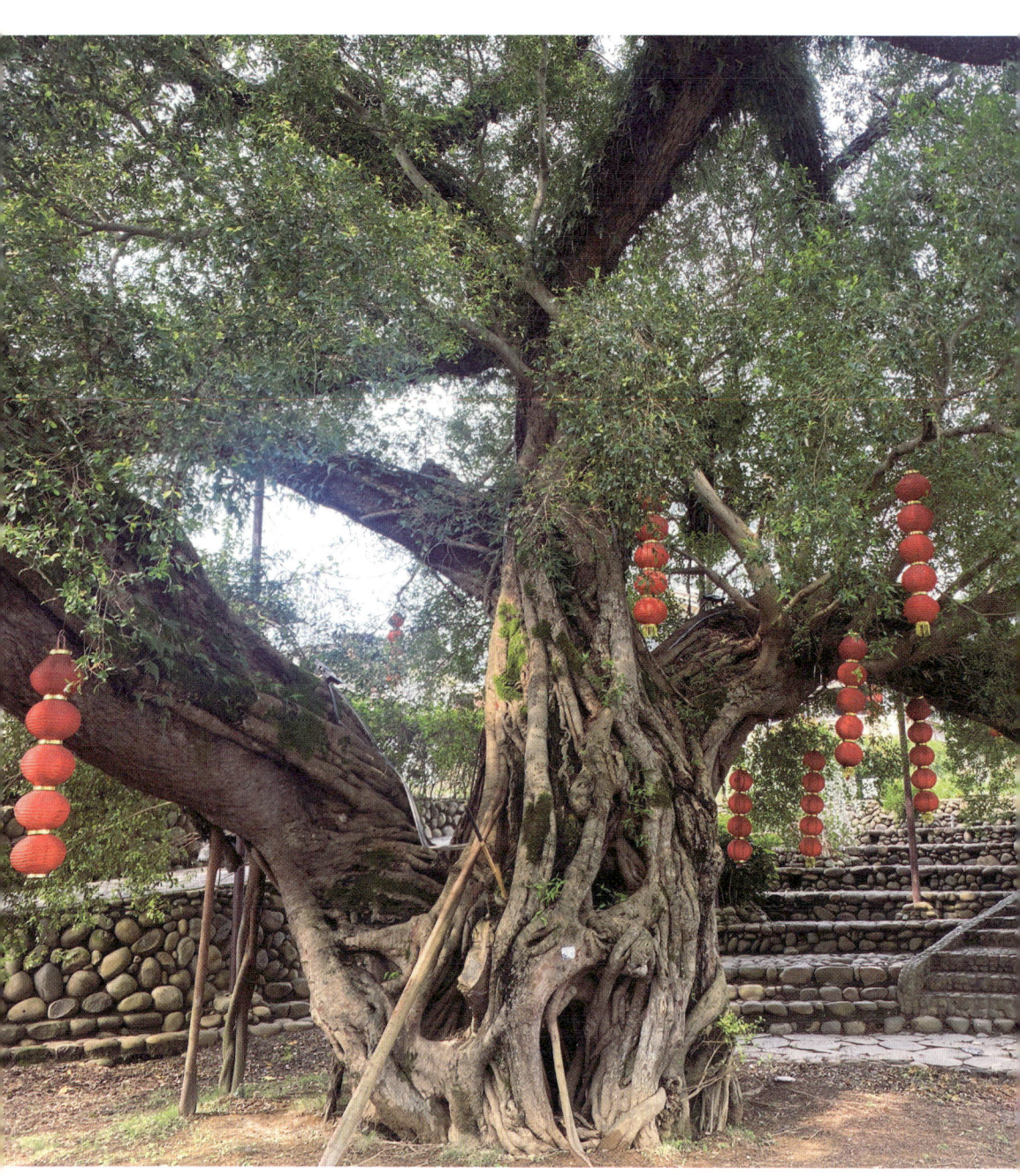

▲ 码头上的古榕枝繁叶茂（丁彬媛 摄）

四市五县和十里八乡的商客和百姓。自南宋的小集市,到元、明逐渐形成每月初一、十五的圩市,这里云集着百货、土特产、鱼货、中药、饼面、酿酒、裁缝、理发、木材等诸多商铺。赶圩习俗沿袭至今,不过嵩口圩市已经从古渡口、旧街转移到新街了,大家依然可以在此觅得丰收季的大地馈赠和田园风味。

当下中山村以慢为题,以慢为核,嵩口古码头的繁华过往,或多或少都收纳进直街的"嵩口民俗博物馆"了,而中山村也抓住了新时代的转型良机率先破题。

三、古民居

嵩口古镇停车场就建在中山村边,所谓近水楼台先得月,我去的那天是周末,旅游大巴、私家车纷至沓来,游客们一下车便很快四散开来,有的从防洪堤游步道往古渡口方向去了,有的则直接蹽进旁边的中山村小路,进村游荡了。

中山村内保留了明清街市格局和建筑风貌,60多座包括龙口厝、耀秋厝等在内的明清古民居,修旧如旧保留了历史韵味。漫步其中,四通八达,三步一古厝,多为悬山顶

绿水青山寄乡愁——
福州乡村振兴纪事

直街的鹅卵石古道（丁彬媛 摄）

建筑，夯土墙、灰黑瓦、燕尾脊沐百年风雨，有雄浑、俏丽之风，蕴含着独特的地域面貌。雀替、梁架、斗拱、窗棂携带岁月的青黑，柱础、壁画、砖雕、石刻皆是时光的笔触，廊回路转，巍然庄重。

其中尤以龙口祖厝为代表，它始建于宋朝，重建于明万历年间，是古镇上规模最大的围拢屋式民居，由仙游迁入的郑氏族人修建，后人还以龙口祖厝为起点，陆续修建了和也厝、宴魁厝、拔魁厝。这里有一条鹤形路，更是难得一见。它因从高处俯瞰整条巷道形似鹤项而得名。鹤行路修建于宋朝，鹤嘴即龙口厝的入厝通道，全长弯弯绕绕约150米，两旁墙基由大小不一的鹅卵石砌垒而成，象征鹤的食道，寓意鹤寿延年。这条路活灵活现，仿若仙鹤一声长鸣陡然升腾，守护着这一方故土。

村里被修复的古厝与新民居并立，古老与现代融为一体。中山村的改造没有迁走原住民，而是留下他们打造一个温暖的古镇。很多时候，中山村的日常生活被原住民的劳动填满，他们沉浸在自己的篇章中，保持着难能可贵的生活气息，成为嵩口模式中的特色单元，是古村改造中润色添彩的一笔。

古村的街道上，向阳处都晾晒着米线、干货以及衣物，房前屋后的零碎空间都填满了一垄垄菜园，蔬菜长势喜人，还有很多爱种花的人家，用创意盆栽填满了屋主的花趣，这样门前种花屋后种菜的模式在村里还算常见。

那天入村，早上还艳阳高照，只消一顿午饭的工夫，天色便发灰，被云层挡住的太阳面目混沌，预示风雨欲来。沿窄小村道找到耀秋厝，正巧没有游客，厝内的精美镂空木窗棂典雅别致，院中盛开着应季花草，洋溢着细细淡淡的香，里屋传来电视的声音，在边院的菜园里，一个老妇人着蓝印花布上衣，趿拉着布鞋，擎着斧头对准木柴"噼噼啪啪"地砍着。开始落雨了，砍柴声和着这雨声荡漾在古厝的悠闲时光里，这样的场景许久未曾见了，这是在古村才能重拾的岁月静好。

末了，骤雨停了，我准备返程，又出太阳了，抬眼看见一只小喜鹊站在厝顶的翘角上，它啾啾唧唧地轻盈地跳着，午后阳光打在古厝屋顶，泛着暖融融的光影，衬托着瓦房上空的碧蓝，漫溢着温润的好时光。正待我准备看上一刻，只一眨眼，小喜鹊便疾速飞开去，以缝合古村新旧痕迹的翔翼技法，融进了古村落的"慢"味里。

到螺洲古镇追一场慢生活

李晟旻

很难想象,几种全然不同的建筑风格会同时出现在一个不大的区域内。

出地铁站,率先看到的是现代化的商业楼盘,沿着崭新的开阔道路连缀成片。拐个弯,一条百多米长的旧马路仿佛穿越了时光,两边废旧的厂房、斑驳的围墙,一下子就把现代气息甩在了后头,仅仅是一个拐角的距离,就出现了两个截然不同的场景。还没完,穿过一座巨大的立交桥桥底,螺洲才最终以"古镇"的面貌出现。

只不过这"古镇"也"古"得有些与众不同,普遍认知里的古香古色是没有的,没有小桥流水人家,没有连片的仿古建筑,沿街铺开的是清一色老旧民房和店面,瓷砖发黄的矮楼、冒着蒸汽的小铺、电线杆上多嘴的麻雀,完全是20世纪八九十年代的样子,这也可以算是螺洲古镇的一大特色吧。要再往"古"了说,那随处可见的苏式建筑,是20世纪50年代螺洲作为闽侯地委所在地的产物,陈旧厚重的立柱和大门楼,严肃工整的对称结构,门梁上褪色的毛主席像

和五角星，青砖黑瓦沉淀着属于那个时代的激情岁月。沿着去年新落成的游客中心往前走，"帝师故里"的牌坊虽不起眼，但也总算为世人揭开了古镇最耀眼的一面。

螺洲古镇面积不大，也没有太大的地理优势，但就是这个冷门的小镇，却以名人和名胜古迹闻名，33位进士，171位举人，12位武举人，77处明清建筑，44处建于地委时期的苏式建筑，6.4平方公里的镇域面积，各类人文元素紧凑排列，人文气息颇浓。其中最

▼ 螺洲镇全貌（受访者供图）

▲ 螺江陈氏宗祠（受访者供图）

让当地人引以为傲也最让外人为之赞叹的，当属陈氏家族的人才，一座古意盎然的陈氏五楼将螺洲陈氏的显耀昭告天下，无论是三朝重臣陈若霖，末代帝师陈宝琛，还是经济学界一代宗师陈岱孙，抑或是中国海军第一任轮机中将陈兆锵、桥梁公路建设专家陈体诚，陈氏族人们都将功名写进了各行各业，也将"诗书传家远，耕读济世长"的教育理念传承至今。

陈氏家族的显赫，只是螺洲文风鼎盛的代表之一。作为"文儒之乡"，螺洲自有其孕育人才的宝地。香火旺盛的奎光阁便是其一。奎光阁供奉魁星神，是明代时陈氏族人为祝愿后代文运亨通、金榜题名所建，如今400多年过去，奎光阁仍在为当地人的学业保驾护航，其名声也跟随陈氏族人的脚步广播海内外，每年都有许多外地人慕名而来，为自己或儿孙寄托学业有成的美好愿望。面对乌龙江的观澜书院是林氏子弟私塾,其前身被称作"三才子读书楼"。作为螺洲三大人才辈出的家族之一,明清两朝迄近代,林氏族人多就读于观澜书院,好学成风,高人辈出。清朝名士林雨化,有民国"诗圣"之称的林庚白,冰心的老师林步瀛,都是螺洲林氏之名士。螺洲还有福州城区仅存的两处文庙之一,始建于南宋,每年孔子诞辰,周边学校都会组织稚子蒙童来此朱砂启智。

走在螺洲古镇内,时不时能看见斑驳的墙面上粘贴的红榜喜报,表彰在各项考试中脱颖而出的学子,如此明晃晃地对学有所成之人表示勉励和嘉许,重视教育的传统和对读书的执着追求,早已细水长流般流淌在螺洲人思想深处,流入生活的细节和角落里。如果大家在学业上有困惑或遇到瓶颈,不妨来古镇感受古时圣贤的书香隽永,在幽院庭深中润泽身心。

这些年,福州对古厝古建筑的保护开发如火如荼,市区的三坊七巷、上下杭和烟台山都是其中的典范,和这些地域优势显著、已经被妥善开发的古建筑群对比,地处中轴线最末端的螺洲古镇显然缺乏竞争力,它也因此一直处于这样一个尴尬的境地:的确在开发,可开发得不完全,处于一种似是而非的状态,就像很多人戏称的那样:螺洲古镇,30年不变。可它真的一点变化都没有吗?好像也不尽然。随着城市交通的辐射蔓延,我们的确看到越来越多的年轻人、网络博主或媒体人带着对福州本土文化的好奇和探寻之心走进螺洲古镇。在他们的镜头里,螺洲古镇拥挤破旧的街道是另一种人间烟火气,墙体斑驳的旧房子、废弃的老建筑是一道别样的风景线,在如今这个快速发展的时代,也许它们衰败、静默、不知何去何从,但它们也曾经是历史发展的一部分,承载过那个时代的辉煌,也历经了兴衰。这何尝不是一种变化呢?当一个曾经被人遗忘的冷门小镇又重新回到大众的视野中,当它的文化和历史重新被人们提及,这又何尝不是一种重建与新生呢?虽然前进的脚步慢了点,未来的模样似乎也模糊而遥远,但只要走在向前的道路上,就总能到达梦想之地。

我们不妨用"梦想之地"来形容这样一个亟待开发振兴的村镇。振兴一个乡镇,资金和硬件设施固然重要,但却远远不能构成振兴的全部,有太多的案例说明,空有好看的房子和崭新的设施是无法具有长期吸引力的,真正能让人留下来并一而再再而三地踏上这片土地的,是好看外表下所承载的文化和内涵,而要实现文化内涵的填充,要靠人。因此,螺洲有意为年轻人打造一个"梦想之地",让那些意欲逃离拥挤嘈杂的城市生活、乐于沉浸大自然的年轻人,有一方可供创作交流的栖息地。

这样的设想不是空穴来风,螺洲古镇虽然没有光鲜亮丽的环境,但它胜在其不可多得的自然优势。古镇毗邻乌龙江,江水在古镇内穿梭,穿过天后宫,从庙门出去便是开阔的江面,江面上一座螺洲大桥横跨两岸,对岸便是五虎山。依山傍江,左边是现代化的的桥梁,右边是古镇古民居,这景观在市区其他古建筑群中是绝无仅有的,而沿江一带的民房也因此成了景观的绝佳观赏地。古镇改造正是想从这些民房入手,吸引真心喜欢螺洲、乐于改造螺洲的优质青年群体,置换掉原先杂乱的群居房客群,让各个行业有想法爱"折腾"的年轻人在此进行思维的碰撞,带来不同的文化元素和氛围,让古镇慢慢成为一个文化的聚集地。

乡村振兴中重要的一环是文化振兴,对于螺洲古镇来说,文化也是最大的底气和自信,为了延续这种底气,古镇在传承保护民间文化方面加大举措,举办非遗进校园、进社区等文化活动,邀请高

▲ 螺洲孔庙（受访者供图）

校老师共同来挖掘相关的历史文化，此外，镇政府也在积极对接有意向的开发商，通过村居委会、开发商、电力、水务、银行等各方力量，共同开发文旅项目，让螺洲的文化底蕴彰显出来、传承下去，为世人所知。

　　螺洲温泉小镇便是近年开发的文旅项目之一。2013年，在这里探测出福州南片区最大的温泉，目前建成的温泉水厂一天的出水量比北片区的源脉温泉还多，2023年开业的首开君澜茉莉泉填补了福州城南片区没有温泉的空缺，也让螺洲这一千年古镇在文脉兴盛之余，也泉脉喷涌。

除了保护发掘传统文化，曾经落后的村镇要想不断吸引年轻人前来，还要迎合当前的文化潮流和年轻人的喜好。地处偏僻的螺洲古镇，有劣势，但优势也显而易见。螺洲大桥、南台大道、环岛路，加上近几年开通的地铁4、5号线，让古镇周边的时空通达性大为提高，发达的路网构成了螺洲最大的资源，半个小时内便能到达福州的各个主城区，这为日常生活提供了一种新的可能。在无须长时间长距离远离城市生活的同时，又能感受乡村生活的舒适和缓，这不正符合当下都市青年对"松弛感"这一生活状态的追求吗？当因为工作和庸常生活而焦头烂额的时候，不妨到螺洲古镇来，逛逛老旧却整洁的石板路，尝尝古早味的小吃，走进一座祠堂或古民居，感受古人的智慧和辛勤劳作，逛累了再泡一会儿温泉，卸下旅途疲惫。当厌倦了拥挤不堪的市区生活，当需要找一方清静之地任思绪流淌，不妨到螺洲古镇，要山有山，要江得江，还能结交一群志同道合的朋友，交流文化，分享创意。

也许螺洲古镇从来无意于与大规模的古镇景区媲美，它只是安静地偏安一隅，小巧地、精致地、与世无争地矗立在乌龙江畔，感受晚风吹拂，感受晚霞夕照。

庆丰庄的守护者

姚俊忠

椿阳村庆丰庄后院的大樟溪,像往日一样缓缓地流淌着。躺在它怀中的鹅卵石,尽情地享受着轻柔的抚摸,变得更加圆润光滑。那些没被庆丰庄选中的鹅卵石,愤愤不平刻下的伤痕,随着岁月的流逝,渐渐消失得无影无踪。

清光绪四年(1878),庆丰庄动工了。庄园第一位主人,姓陈名如坤。他决定将这座庄园修建在大樟溪边,因为椿阳村渡口是通往福州等地的重要水上运输要道。溪里的一块块鹅卵石早早地洗漱好,等待庆丰庄主人的挑选。清光绪八年(1882),庄园建好约800平方米的核心合院,一大家人欢天喜地地迁入庄园。但是陈如坤已经竭尽资财,不得不停工了。修建庄园的重任,落到了他儿子,陈尧榕的肩上。

陈尧榕是个精明的商人。他与人合伙做李干生意,一次结账时,发现对方多分了50多块银圆给他。第二天一早,陈尧榕怀揣50多块银圆赶到合伙人家,如数奉还。凭着这份诚信,陈尧榕在生意场上如鱼得水,在福州的上下杭开了"太昌""义昌"两家大商号,家业也迅速发展起来了。

日渐发达的陈尧榕,于清光绪十四年(1888),着手扩建庆丰庄。大樟溪里的鹅卵石,开始大规模登场。外墙底部为硕大的鹅卵石,上部为结实的夯土。能工巧匠们将鹅卵石有规律地砌成墙,下大上小,不同石块紧紧咬合,把石头最光滑细腻的一面向外。一眼望去,鹅卵石竟然完美得像画在墙上似的。完工后的庄园共有300多间房间,占地3937平方米,建筑面积3856平方米,成为梧桐镇最大最豪华的庄园。

庆丰庄大厅上,高挂着三块匾额,显示着庄园主人的高贵。正中那块"椿萱并茂",是光绪年间福建提督学政陈学芬送给陈尧榕的父亲陈如坤的。另外两块题给"大奎先生"即陈尧榕的寿匾,一块来自萨镇冰,一块来自周荫人。萨镇冰,是近代中国著名的海军将领,曾担任民国时期的福建省省长。周荫人,北洋军阀,曾任福建军务帮办。有了这三位大员赠送的牌匾加持,庆丰庄更是红极一时。甚至日本国将军家的千金,也不远万里、漂洋过海嫁入大山里的庆丰庄。

大樟溪里的鹅卵石,争先恐后地涌进庄园,有的为这三块牌匾遮挡风雨,有的为庄园主人抵御盗贼,有的则为一睹日本国千金芳容。留在溪水中的鹅卵石羡慕不已,期盼着有一天,它们也能走进大庄园。

"水满则溢,月盈则亏"。在时代更迭之际,庆丰庄庄主卖掉了所有田产,只剩下孤零零的庆丰庄。到了20世纪七八十年代,庄内的人口达200多人。1978年庄园发生了一次火灾,居住条件也跟

▲ 鹅卵石小道(姚俊忠 摄)

不上时代的发展，人们开始陆陆续续搬出庆丰庄。盛极一时的庆丰庄，失去了往日的光环。庄园的族人故交，无不扼腕叹息。

随着交通运输的日渐繁荣，庆丰庄驻守的水上交通要道，像西沉的太阳，落下了帷幕。往省城的公路修到了庆丰庄所在的椿阳村，水运不再是唯一的出路。改革开放后的几年，高速公路通到了县城，再后来，铁路来了、动车来了、高铁来了……这翻天覆地的变化，对当地百姓来说，是莫大的福音。但对庆丰庄而言，则是雪上加霜。庆丰庄的主人，上能结交官府大员，下能荫及平民百姓，但怎么也料想不到，水路会有走到穷途末路的一天。

庆丰庄人去楼空，只剩两位老夫妇和儿子驻守这个大庄园。儿子养了一头牛，有人出价2万多元买他的牛，他摆摆手，拒绝了。他说："他买去是杀了，卖牛肉。"牛老了，奄奄一息，有人劝他："把牛卖了吧！"他还是摇摇头，说："让它安静地走吧！"这头牛跟他十多年，他不忍心看着它命丧刀下，成为别人的盘中餐、口中食。

庄园的其他族人偶尔回到庄园，是遇到婚丧嫁娶、举办祭祖等仪式之时。就这样，享有盛名的庆丰

▲ 椿阳村板中街（姚俊忠 摄）

庄，伴随着落日的余晖，没落在溪水尽头的暮色之中。

看家护院的鹅卵石，怎么也想不到，当年出入的达官贵人不愿劳神看一眼的它们，现在居然成了庆丰庄唯一不变的永恒。庆丰庄这一块块永恒的鹅卵石，始终如一地守着当初的诺言，无论主人富贵还是贫贱，都不离不弃地守护着这个庄园。它们坚信有那么一天，庆丰庄一定能重现往日的繁华……

2019年，适逢"美丽乡村"建设，庆丰庄又迎来了高光时刻。当年修建庆丰庄时大樟溪里被淘汰的鹅卵石，等待140多年，总算迎来了扬眉吐气的一天。它们从溪水中湿漉漉地动身，抖干身上的水，在椿阳村里穿行。它们被垒砌成一条蜿蜒的鹅卵石道，将庆丰庄与坂中街连接起来。

坂中街，与庆丰庄相邻，是同安三洋从事大樟溪贸易往来的人牵头建设的。过去，这里是颇具规模的商业街，南来北往的商贾云集，省城乡里的物产齐备。现在街上的商铺有中医馆、铁匠铺、小吃店等。最醒目的是"教忠斋"，这是个长者食堂。村里的老人，每天都在这享受着免费的午餐，过上了"老有所养"的生活。

这条鹅卵石铺就的石道，串起了缓缓流动的溪水、日渐没落的庄园、悄悄兴起的坂中街。这条石道，春季开满了鲜花，秋季飘散着果香，旁边还有大樟溪水的吟唱。当地百姓盼望这条石道与大樟溪、庆丰庄、坂中街一道，吸引四面八方的人们，让庆丰庄重现往日的风采。

他们相信，这座古老的庄园，在人们的持续努力下，终究会迎来充满惊喜的一天。

深坑村：时光静守　古韵如昔

魏有冬

深坑村，一个被连绵群山温柔环抱的美丽村落。

那里山高水长，田肥园沃，四季交替总在不经意间改变山川草木，并给予人们最丰实的馈赠。那里青瓦木楼连薨接栋，房前屋后多有青竹婆娑或绿树掩映，而粉红桃花、雪白梨花以及各种山花野卉应时争色。因其地处偏远，它至今得以保持梦中家园的古朴诗意，并于 2014 年被列入第三批中国传统村落保护名录，让难能可贵的质朴风貌得以永久保护。

深坑村位于罗源县西北方向，海拔 400 多米。从县城到村里 43 公里，需一路上行，跨过水古桥，绕过枣岭头。随着山路逐渐爬高，植被也越加茂盛，一路行程浮翠流丹，皆是森郁古树、参差绿竹、浪漫山花。当遮挡在深坑村前的最后一道山脉隐退而去，眼前一下子豁然开朗，这个古韵如昔、岁月静好的村庄让人心情怡然。村居背靠着凉伞峰和骏马峰，远远望去，凉伞峰如一把高擎于蓝天下的巨伞，将深坑村庇护于麓下，而马头峰则酷似一匹信步由缰的健硕骏马，逍遥自在于宁静的碧野之间。发源于龟山、象山的股股清流从青翠山谷川流而下，汇成一条弯弯的小溪，由东往西贯穿村落，又沿着千回百转的深山峡谷逶迤而去。

深坑村落呈南北走向，依象山而建。过去这里曾是由闽入浙的

绿水青山寄乡愁——
福州乡村振兴纪事

▲ 深坑村满眼翠绿（深坑村供图）

交通要道。据说，宋末元初，便有零星中原人士迁居这里，搭庐为房、植桑种田，开启了荒野深山的文明之光。在长久的历史进程中，先后有魏、陈、林、黄、郑等姓氏居住于此，他们开荒拓土、开渠引水、建房修路，经过数百年的繁衍生息、开枝散叶，建造了这个古宅鳞次栉比、小巷幽深曲折、阡陌纵横交错的村落。

如今，深坑村古村落元素真实完整，历史建筑、历史街巷、历史水系、历史人文等均保存完好。村内保留有以魏氏祖屋、郅轩书院为代表的40多座明清古民居，这些建筑地域特色突出，土木结构，垒石为基，夯土为墙，有着沉重厚实的门梁柱础、雕刻精美的窗框枋桁、构筑精巧的檐椽斗拱。

魏氏大厝始建于清乾隆七年（1742），祖厝建在象鼻山下，坐东朝西，甲庚坐向，大门折向南开，子午兼壬丙坐向。门亭，宽阔一间，进深二柱。正前方，古道外侧，11对旗杆碣赫然而立，其中 6 对拴上木质旗杆，旗杆顶端，雕有朝天"文笔"。由此可见，魏氏祖上才人辈出、彬彬济济。离此不远的旗杆下厝，则建于乾隆十一年（1746），为回字形四合院，坐北朝南，主体建筑由前后两落、左右两厢及中天井等部分组成，总占地面积 1100 平方米，建筑面积 2317.94 平方米，是深坑村现存占地面积最大的民居建筑。厅堂上悬挂有"文魁"牌匾，是深坑村"耕读传家久"的精神彰显。周宁进士魏敬中（嘉庆年间钦点翰林院庶吉士，后任国史馆总纂）曾赞"分派居于罗之化一，紫标黄卷，人文辄甲于乡"，并在深坑魏政杰内人郑氏六十大寿时撰写祝寿文，从北京寄到深坑，由魏治运兄弟刻在屏风上。此屏风黑底金字，至今保存完好，在魏氏家族重要庆典才能展出。

自古以来，深坑村崇文重教、文风蔚然，村内的郅轩书苑就是最好的见证。书院原为魏氏宗祠，建于乾隆七年（1742），书苑则创办于乾隆十九年（1754），创办人是魏氏地房长支支祖魏以栋（1706—1780），字伯隆，号郅轩，晋赠文林郎。书苑致力于教书育人，崇理学明人伦，科举屡屡得中。堂中至今保留清朝以来张贴的捷报，完整清晰的有 20 多张。这"捷报"算是古人的录取通知书。

抗战时期，郅轩书苑成为重要革命根据地。深坑村地处罗宁古交界，1939 年初，一支抗日先遣队伍从罗源前往古田，途经深坑，时逢郅轩书苑学生放假，便暂驻于此稍做休憩，研究作战策略。队伍在书苑旧石灰墙面上手绘了抗战地图报，标注各省份名称，还留下了蓝色大字书写的"抗战必胜、建国必成"口号和抗战宣传画，现成为珍贵的红色文化资料。在国内革命战争和抗日战争的风雨岁月里，深坑村民热血参与农民运动和工农武装斗争、游击战，郭佺木、陈标弟等参加抗日及第二次国内革命战争，为党的事业献出了宝贵生命，深坑村也被列为革命老区村。

伫立于村道旁的魏心斋墓道碑，也是深坑村人杰地灵的印证。这墓道碑为清代花岗岩石碑刻，碑面刻文"清例赠文林郎邑庠生心斋魏公偕长男乡进士掌教罗川书院星五公墓道"。魏心斋名魏超然，讳名治浦，字德潮，号心斋。道光甲申（1824）考得县学第八名，为邑庠生，道光四年（1824）再中秀才，官授文林郎。其长男魏家纬，字义旋，号星五，自幼随父攻读，精研四书五经，又博览群书，昼夜不遗余力，于清咸丰辛亥（1851）考得县学第三名，光绪壬午（1882）又中举人，勅授文林郎，国学罗川书院掌教。两位魏氏先祖父子双列文魁，可谓是"四世皆翘楚，一门两林郎"，一度光耀魏氏门庭，望重罗邑乡间。

除历史建筑和珍贵文物外，村中的古驿街也别具韵味。一个村的繁荣兴盛，自是和它的地理位置息息有关。旧时，深坑村是罗源、宁德、古田三地交通往来的重要驿站，村中心的店街便是驿道上的重要中转节点，成为过往商旅民夫的必经之路。其主体为南北走向，街面铺设着或方或圆的青石板，街道两边房屋相连，皆是传统的青瓦木楼，东侧建于小溪之上，木楼共两层，每间房屋进深六七米，宽四五米，一楼作为门店摆放商品，店外设有"冇柜"，即是店面的隔墙，也可陈列商品，并作为交易平台，极具特色。当时街上客栈、粮店、肉铺、京杂、干果、布匹、药材、酒庄一应俱全。现在，店街虽退去往日市井繁华，但建筑风貌保存依旧。

对于传统村落来说，井无疑是极其重要的元素。作为山里的村落，深坑村算得上是大村子，鼎盛时有500多户，近2000人口。深坑先民打井十分讲究，以"八斗七星"布局，明清时期打造有皇恩井、洋头岭开基井、洋边蛤蟆井、旗杆下井、七星井、当后井、牛

▲ 深坑村古民居（深坑村供图）

栏里井等 7 口水井，后来随着人口增加，又续造了 8 口。这些井建造年代不尽相同，其历史多在百年以上。最早的一口是位于前山厝的开基井，建于明朝末年，已有 600 多年历史，是当时较早迁居深坑的黄姓先祖所凿。位于陈厝里的七星井，则建于明末清初时期，至今也有 500 多年。它与福州市西禅寺内的七星井不同，西禅寺的七星井是分散在寺庙内外 7 口井的合称，而深坑村的七星井是一口井。中国自古就有星斗崇拜和星占之说，七星主宰天相，恒定四季，以此为名，是乡人对生活安康、风调雨顺、人丁兴旺的美好愿景。魏氏祖屋旁的 3 口井更是寓意吉祥，因这间祖屋建在象鼻山脚下，魏氏先祖认为必须鼻下开孔，开源节流，才能常年有蓄、家族兴旺，于是就在祖屋后院、象鼻山脚下同时开凿了两口水井。后又在祖屋前方再凿一井，寓意"三星照"，以祈愿饮此井水的全体族人能得到福星、禄星、寿星长久高照，百福具臻、厚禄高官、寿元绵长。

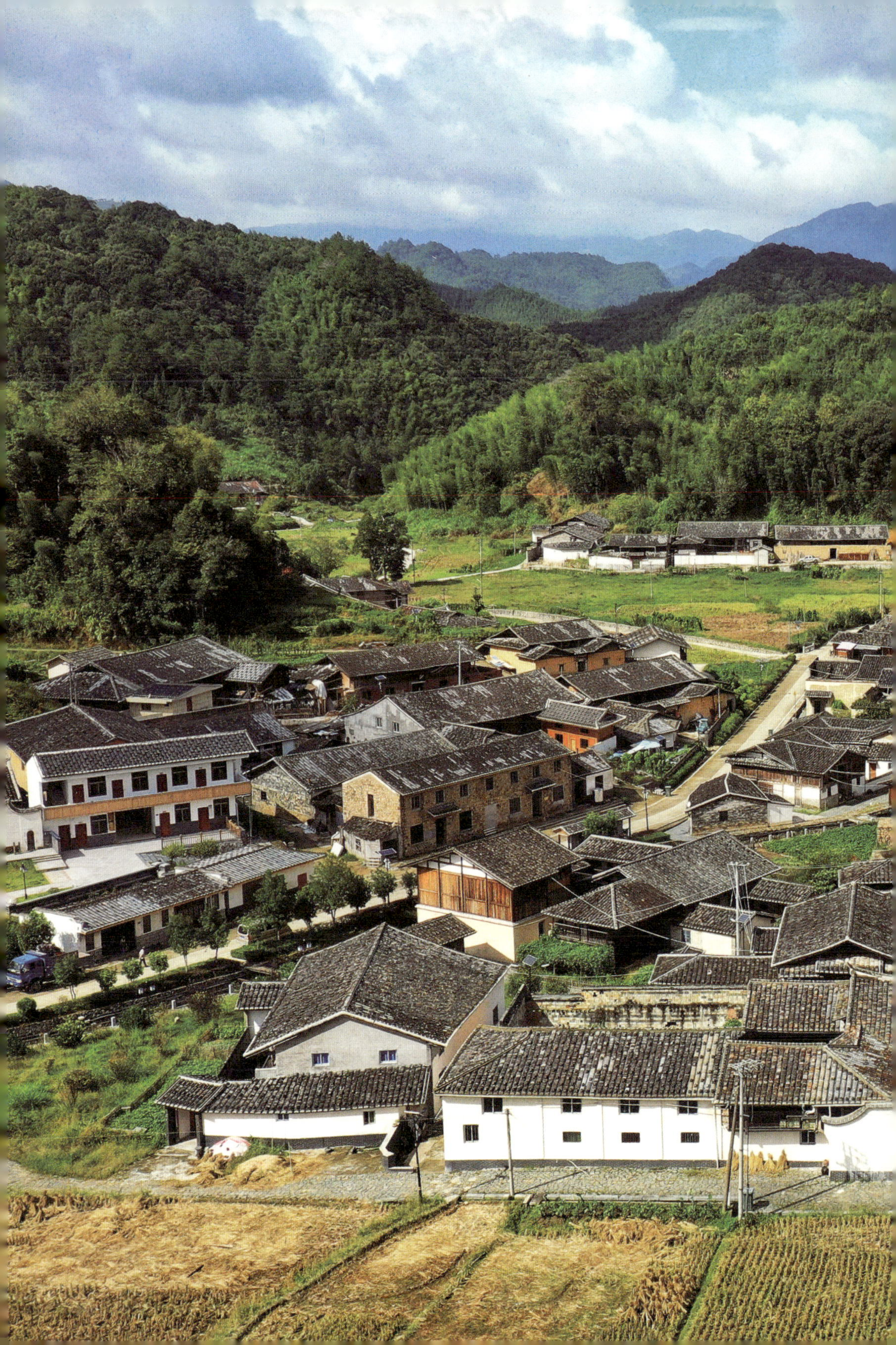

▼ 深坑村被青山拥在怀里（深坑村供图）

岁月不居，古井长流，如今，那一眼眼深幽的古井，如母亲深情的眸子，依然在最熟悉的地方静默守望。

时光静守，古韵如昔。深坑村因旧得福，在2014年成为罗源县第一个被列入中国传统村落保护名录的村居。近几年来，村里先后投入1700多万元，以"修旧如旧，还原乡愁"为宗旨，全力开展古建筑修缮保护工程，完成了魏氏大厝、郅轩书院、陈氏旧居、明清古街和20多座古民居修缮，进一步完善了水、电、路、宽带、通信等基础设施，建设了樱花园、古梅园、红色广场、溪边步道等乡村景观，大大提升了古村面貌和人居环境，还陆续修缮建设了郅轩书院、乡村影剧院、村民文化广场、闽剧文化小舞台、古街文化馆、志书馆等。每年村里都会举办国学研讨、书画展览、戏曲演出、祭祀游神等文化活动，让深坑村的耕读、崇学、说唱、书画等特色乡村传统文化得以保留和传承。

如今，深坑村古意盎然、返璞归真，让人一见倾心。

宏琳厝的前世与今生

黄勤暖

暮春时节，春和景明。笔者和友人一起兴致勃勃地来到久违的闽清唯一一个国家级传统古村落——新壶村。

新壶村，这座深藏不露的中国传统古村落，犹如一颗璀璨的明珠，静静地镶嵌在历史的画卷中。它有着13座恢宏壮观的清代古厝，每一座都如诗如画，仿佛在低语着往昔的辉煌与传奇。然而，新壶村的名字却鲜为人知，只因它的光华被一座耀眼的古厝所遮掩——那便是宏琳厝，那座令人瞩目的全国单栋面积最大的古民居。

宏琳厝，这座历史的巨人，屹立在这片土地上已有200多年。它历经风雨，却依旧巍峨挺拔，散发着独特的魅力。尤其是20世纪90年代以来，随着闽清县乡村旅游的蓬勃发展，宏琳厝更是成为众人瞩目的焦点。而笔者与这座古厝有着千丝万缕的情缘，仿佛前世注定，今生难舍。

记得那些青春洋溢的日子，笔者踏入了文泉中学的大门，开始了高中生涯。作为寄宿生，笔者有幸入住宏琳厝隔壁的大波厝。每日清晨，在古厝的晨曦中醒来，笔者听着鸟儿的歌唱，感受着历史的厚重与宁静。那些日子，笔者仿佛与宏琳厝融为一体，共同呼吸着这片土地的气息。

毕业后，笔者曾在宏琳厝所在的坂东供销社工作，那时的新壶

▲ 宏琳厝廊桥（黄勤暖 摄）

村购销处是笔者常去的地方。而后笔者又曾在社教工作中深入坂中村，与村民们共度一年时光。

后来，笔者有幸担任坂东镇镇长一职，曾带领团队对宏琳厝进行全面的修缮和保护。而在闽清县委宣传部担任副部长兼文联主席的日子里，笔者更是将宏琳厝作为闽清的标志性建筑和文化象征大力宣传和推广。

宏琳厝，一座蕴藏着深厚文化底蕴的古民居，不仅是中国之最，更是虎丘家国文化的璀璨瑰宝。它诉说着一段段英雄与家国的传奇，展示着黄氏家族的辉煌历史与无尽荣耀。

黄敦，这位虎丘黄氏的入闽始祖，曾是闽王王审知的得力部将。他不仅是闽清的文化先驱，更是这片土地的开拓者。出生于唐末河南固始县的黄敦，自幼修文演武，怀揣着报效国家的壮志。在战乱年代，他毅然随王审知入闽，而后辞官归隐于凤栖山。在这里，他将中原的先进文化与农耕技术带到了尚处于蛮荒之地的闽清，推动了当地文明的进程。

黄敦的家国情怀深深烙印在虎丘黄氏的血脉之中。他的训子诗

"六叶同开一样青，莫因微利便相争。一回相见一回老，能得几时为弟兄"传颂千古，成为黄氏家族世代相传的家训。黄祖嘉，这位黄敦的后裔，自幼便沐浴在家国文化的熏陶之中。他攻读诗书，晴耕雨读，铭记家族的儒家传统。在药材生意成功后，他与长子宏琳共同倾注心血，历经28载春秋，终于建成了这座气势磅礴的古民居——宏琳厝。

　　宏琳厝占地面积广阔，建筑规模宏大。它拥有大小厅堂36间，花圃25个，天井30个，风火墙36堵，水井4口，大门13扇，住房666间。这座两层半的土木结构建筑，中轴线对称布置，布局严谨而讲究，翼檐卷仰，翚飞鸟革，雕梁画栋，工艺精湛无比。门户窗棂花格浮雕剔透玲珑，门槛、走廊的花岗岩条石粗犷雄浑，屏门木生漆金画熠熠生辉。它极具福州传统民居特色，是民间建筑艺术的瑰宝。

　　更为难得的是，宏琳厝不仅是一座建筑艺术的杰作，更是一部家国文化的史诗。它的每一处设计都体现了古代匠人的聪明才智和主人家国文化思想的光辉。防火、防匪、防盗、防水、防御设施布局合理、科学，令人叹为观止。这座宅第不仅让黄氏家族过上了舒适的生活，更寄托了他们的光宗耀祖和庇佑后人的美好愿景。

▼ 宏琳广场（黄勤暖 摄）

绿水青山寄乡愁——
福州乡村振兴纪事

▲ 新壶村部（黄勤暖 摄）

薪火相传，宏琳厝的子孙后代继承了先祖的护国积善、诗礼传家的传统。男子顶天立地，女子大家闺秀、巾帼不让须眉。家族逐渐发展为当地旺族、书香门第。子孙们多从事教书育人事业，为国家培养了许多栋梁之材。如良衡一家"五子七教授"的佳话，更是传颂一时。特别是在文泉书院的创办提出"为一族养士不如为一邑养士"的理念后，此地更是英才辈出，为国家输送了大量优秀人才。郭沫若曾为其题写"庄敬日强"的黄开绳（福建省首任科学馆馆长），在人民大会堂领取"国家科技进步奖二等奖"的黄道权，更是其中的佼佼者。

宏琳厝还见证了许多历史的瞬间。福建省委原书记项南年轻时曾在这里坚持抗日救国宣传，红色故事传颂至今。而文泉书院更是为国家培养了一代又一代的杰出人才，他们的成就与辉煌都是宏琳厝家国文化的最好诠释。

宏琳厝屹立于闽清大地之上，它不仅是历史的见证者，更是一部活着的家国文化史诗。它诉说着黄氏家族的辉煌与荣耀，也展示着中华民族深厚的文化底蕴与家国情怀。

聊到宏琳厝辉煌的过去的同时，也难忘记其在洪魔肆虐下的惨烈。

2016年7月9日，那场"尼伯特"超强台风，如同凶狠的猛兽，扑向闽清大地。宏琳厝，这座历经200多年沧桑的古民居，亦未能幸免。洪水如猛兽般汹涌而至，瞬间将这座古厝淹没。110多间房屋轰然倒塌，夯土墙因长时间被浸泡，其中三分之二存在安全隐患，整个宏琳厝仿佛经历了一场空袭，满目疮痍，惨不忍睹。

然而，闽清人民并未被这场灾难击垮。在省、市文物部门的指导下，闽清县迅速开展了宏琳厝的灾情调查和灾后文物抢救保护工作。福州市规划设计研究院古建所的专家们对宏琳厝进行了全面勘测，制定出了详细的抢险、排险、加固、清理、抢救性保护方案。

4年的修复工作，艰辛而漫长。但闽清人民怀揣着对传统文化的敬畏与热爱，一步步将宏琳厝从废墟中拯救出来。他们派专家翻阅县志，倾听老一辈族人的口述，力求还原古厝初建时的规模和样貌。施工人员更是借修缮之机，将厝内一些临时搭建、违建、占道建筑等拆除，使得古厝的布局更加通透、完整。

如今，宏琳厝已涅槃重生。街、廊、弄、墙贯穿其间，既前后呼应，又左右逢源。专用于居住未嫁女子的小姐阁楼、旧时作为岗哨安防的兔耳、男女用人宿舍等标志性景点建筑也得以重建。漫步在宏琳厝中，仿佛穿越回了那个遥远的年代，感受到古人们的智慧与匠心。

如今，宏琳厝已成为网红打卡点，吸引了无数游客前来参观。它与周边的美丽乡村旅游景点、七叠温泉、采摘园以及其他古厝等游玩地相串联，形成了一条可满足游客多样需求的旅游线路。

站在宏琳厝前，我不禁感叹岁月的无情与有情。无情的是那场肆虐的台风，将这座古厝推向了毁灭的边缘；有情的是闽清人民的坚韧与热爱，让这座古厝得以重生。四载光阴，宏琳厝从废墟中崛起，又成为一道亮丽的风景线。

"山水林田厝"里的新坡画卷

朱 侗

5月,芳草萋萋,树荫郁郁。我来到"乡野气息"十足的新坡村,这个位于闽侯县白沙镇西北方,面积不大且"深居"山野的小乡村。一条主路,两侧几条分支小路,仅靠双腿"走马观花",似乎不到两小时就能将足迹遍布新坡。不曾料到,正是这样的一个小村庄,却因一座江氏古厝而名声大噪。

沿门前石阶走向江氏古厝,百年岁月的痕迹顷刻显现:青石板光滑且没有千篇一律的规则感,一定是清代原砌的。我心里这样想到,莫名雀跃。进入厝内,视野开阔,只见厅堂高大宽敞,巨梁木柱,出檐深远,由前及后,逐层高大。江氏古厝始建于乾隆初年,前三进为江永奋所建,后两进为江永襄所建,房间数量达200多间,历时59年竣工。古厝坐北朝南,依山傍水,总面积逾万平,布局严谨,井然有序,被其后人称为"永奋永襄厝",是福建省目前为止发现的保留最完整的清代建筑之一。2012年1月,新坡村被福建省人民政府公布为白沙镇历史文化名镇保护规划风貌区。毋庸置疑,正因永奋永襄厝的存在,新坡村有了最亮眼的名片。

新坡村按照"一进一特色"的思路,基于不改变原有空间布局的前提,在永奋永襄厝内建成家风家训馆、"寿"文化厅、"古厝茶室"等展馆。原本"空空如也"的永奋永襄厝,有了面子也有了里子，市区居民、外地游客、异国友人慕名而来。"常存厚道以培家运，勿因忿而失至亲""多留余地铺明月，不筑高墙碍远山"，人们在这里感受家风家训中的大智慧，驻足观赏巧夺天工的各色木雕，还有历经百年淘洗的插屏、门窗、格扇以及外露的斗拱、雀替、梁枋、壁画。永奋永襄厝越过百年沧桑，再现耀眼光芒。据说厝内最为出彩之处当属其书院——双层木质结构的阁楼，有"镇厝之宝"美人靠，曾是江氏子弟读书研习之所。瞧，那美人靠长达数十米，其间刻着108组形态各异的人物、花卉图案和吉祥文字饰样，展现出古人精妙绝伦的雕刻技艺。

值得一提的是，古厝不仅成为热门旅游景点，也是单位团建和各类文化活动、社会活动的重要载体。沉寂多时的古厝，真真切切地迎来一波又一波"新生"，新坡村村民也在此源源不断地汲取文化熏陶和精神滋养。

新坡村共有242户人家，但许多年轻人因生计选择外出打工，村中原先以老人为主要居民。随着永奋永襄厝这一"流量密码"不断为新坡村带来人气，部分年轻人从大城市"闻声回巢"，致力于家乡建设与发展，如90后江立燊、林礼雄。前者原在外地创业，从事的装修事业风生水起；后者原在外省某部队服役，退役后毅然决然回到家乡小村。2021年，新坡村村委换届选举，他们踊跃参加，分别当选为村委会支委，负责农业土地建设与水利、林业规划。

微风习习，山林轻舞。放眼望去，新坡村1810亩的山地上，绿荫浓密，杉木、柯木们正奋力向上生长。游客们上山观林，感受乡村山景林貌。"嗡嗡嗡"的声音由远及近，那是村民们正手持电锯、铆足干劲在山林间"披荆斩棘"。没错，他们在砍树——那些已经长成足够作为家具木材的大树，后续将被跋山涉水运往木材市场，丰实村民们的"钱袋子"。放心,村民们均取得林业部门砍伐证,属于合法砍伐。

土地平旷,瓜果飘香。西瓜、甜瓜、柚子、脐橙是新坡村的特色水果,5月正值甜瓜和西瓜上市。午后阳光照在农人们黝黑的身体上,他们正在迅速采摘。轻盈的手、笑出褶子的脸,看得出,农人们正满怀期待。早在前些年,福建农林大学就在新坡村设立闽侯县白沙镇科教基地,利用约220亩土地"对接需求,主动服务,规范管理,提质增效",不仅为学生提供了良好的实践环境,也在此过程中研发出许多农作物新品种,助力农民增收。"比较有代表性的,就有甜瓜中的'银辉'、西瓜中的'黄心秀兰',以及地瓜中的'金薯3号''金山57''金薯1号'等,高校研究出的新品种,更甜、更符合市场高要求,而这些成果被村民们及时应用推广,收入增加是自然而然的事情。"李君彬书记在一旁略带自豪地向我讲述着。

目光移向一侧,科教基地旁的草莓采摘园似乎有些"冷清"。原来,每年9月到次年4月才是草莓成熟的季节,彼时这里热闹非凡:种植户手持手机,打开短视频APP,拍下色泽鲜美、硕大饱满的"致富果"。视频一经推送,不少市区居民作为散客也"不请自来",徜徉在自由采摘的乐趣中。草莓采摘园于2022年建成,由党建引领合作社提供技术、资金、设备等各类支持。一片片的草莓园,不仅洋溢着孩子与父母们的欢笑声,也助力种植户年收入直达80万元以上。

溪水潺潺,人声咿呀。林炳溪、上寨溪在新坡交汇并穿村而过,最终欢腾着奔向闽江。溪水之畔,长长的生态护岸长廊如彩带般随溪水蜿蜒,雅致的古厝公园镶嵌在不远处,游客似身处"小桥流水人家"盛景。

▲ 新坡村科教基地（朱侗 摄）

新坡村大刀阔斧发展旅游产业，丰实了村民"钱袋子"，同时不忘推进文化振兴。2016年，村里依托县人大、县委文明办"结对子、种文化"项目，在县编办帮助下，改造闲置集体房产。如今的村文化大楼便是由原先的村小学改建而成，内设图书馆、阅览室、文娱活动室、多功能文化厅等，为农闲时的村民提供了休闲、娱乐、学习的新去处。大楼建成后，不少村民农闲时，放下锄头，拿起书本，徜徉书海。2019年，根据县委文明办及白沙镇工作部署，新坡村设立新时代文明实践站，积极组织党员干部开展整洁闽侯、垃圾分类、文明宣传等志愿活动，在引导乡风文明上持续发挥重要作用。

"看着家乡变美、变好、变富，不论是人居环境、村庄建设，还是群众文化素养、卫生意识，各方面的变化天翻地覆。"李君彬书记望着家乡，深有感触。

"但我们不能止步于此，家乡还可以更美、更好、更富，起到更好的示范作用。"未来，新坡村将立足实际，继续开展永奋永襄厝修复工程，通过设立古厝研究会、引进省内书法名家工作室、拓展古厝外围项目等方式进一步推动古厝活化利用；鼓励村民开设更多民宿、开发特色农家菜，满足游客饮食居住需求；从村民手中流

绿水青山寄乡愁——
福州乡村振兴纪事

▲ 永奋厝（朱伺 摄）

转土地，打造更大规模的高科技农业产业园，为村民增收再添一把火；主动融入白沙"十里长廊"发展新格局，并以此推动有机农业、生态采摘、民宿、亲子、微度假等旅游产业发展……

"新地光天开基永志先贤德；坡平大路创建难忘后秀功"，正如新坡村村头门坊楹联所语，新坡村的仁人志士们正奔跑在"创建难忘后秀功"的路上，并将为此前仆后继。"山水林田厝"里的新坡画卷，一定会更美更好。

文化赋能

林浦纪事

黄文山

去林浦，是为了看一座千年古村。这座古村落便坐落在南台岛的东北部，隔闽江与鼓山相望。

南台岛真是一片神奇的土地。滔滔闽江一路东去，遇南台岛被劈为两支，分为北港和南港。穿过福州城区后，两江在南台岛东端重聚，而后浩荡入海。有人将福州城区的形状比作一只大蜗牛，而南台岛就是这只蜗牛肥软的腹足。得益于江水的浸润，南台岛鱼肥花香树茂果丰，盛产荔枝、甘蔗、橄榄、柑橘、茉莉。而南台岛上的多处水运码头，更是福州城市达江通海的要津。林浦即是其中一处：洲渚绵延，河浦环绕，村舍俨然，古风悠远。

林浦原名濂浦，得名于村旁的一条浦江。后因迁入村内的林姓居民渐多，遂被叫成林浦。现今林浦分为4个行政村：绍岐、濂江、狮山、福廉。四村屋宇相接，比肩联袂，作为国家历史文化名村仍统称林浦。尽管只是闽江边一个普通村落，历史却在这里留下不容抹去的一笔。据《宋史》记载，宋德祐元年（1275），元军顺长江而下，占领南京。翌年元统帅伯颜率军攻陷南宋都城临安（今杭州），宋恭帝和太后被掳。德祐二年（1276）闰三月，张世杰、陆秀夫带着益王赵昰、广王赵昺到温州会同陈宜中等人浮海南下，到达福州。当时随行的军士有十数万，还有大批百姓。赵昰的船队进入闽江口后，统军主帅张世杰看中了林浦独特的地理位置，这里江面开阔，河汊纵横，适合船队驻泊，遂下令在林浦的绍岐码头登陆。十万军兵上岸后，几天内便削平一座山头，驻扎了下来。宰相陈宜中手书"平山福地"4字，勒石纪之，期望以林浦为南宋小朝廷的复兴肇始之地。

　　陈宜中、张世杰、陆秀夫于是拥立赵昰在福州登基，是为端宗。不久，文天祥也赶到福州，共谋匡复大计。实际上南宋小朝廷，就一直设在林浦。林浦现存的泰山宫，相传就是端宗行宫。宫前的两棵千年大榕树，长髯飘拂，似在无声地诉说着前尘往事。当时这里叫平山阁，临江而立，堂宇巍然，视野开阔，遂被随驾的众位大臣选中，作为行宫。即便在这个末日王朝最小也是最简陋的帝王宫殿，每日朝会上也仍然充满争斗。历经千年岁月，这一

▲ 濂江书院前的照壁（张旭阳 摄）

段传奇故事早已湮没在历史的烟尘中，但泰山宫，依旧是羁绊远近旅人脚步的地方，在这里留下一缕思古之幽情。往泰山宫的左边侧门拐个弯，就来到濂江书院，这也是福州地区保护最完好的有近千年历史的宋代书院。南宋理学家朱熹曾在这里讲学，并留下"文明气象"的题匾。书院的主体建筑为文昌阁，红白色调呼应，映衬出濂江书院的古朴庄严。

漫步村里，民居错落有致，道路整洁平坦。抬眼可见一座座白墙青瓦、飞檐翘角的古祠堂，它们记录着家族的过往，彰显着先辈的荣耀，也述说着人事的变迁。让村民引以为豪的是林浦古街上的进士柴坊，自宋至清800年间仅林浦一村就出了18位进士，位于全国乡村前列。狮山村委会旁还树立着一面尚书里牌坊，这是明嘉靖皇帝为表彰林元美子孙"三代五尚书""7科八进士"而修建的，说的是林氏一族，三代出了5位尚书，7次会考，中了8位进士，在科举时代，留下一段佳话。而林瀚还与儿子林庭机、孙子林燫相继担任过最高学府的国子祭酒。《明史》称："三世为祭酒，前所未有也。"

林寿熙宅邸始建于清末，占地5000多平方米，是中西合璧的建筑典型。宽敞的中式庭院里可见高大的罗马式拱券和西式玻璃窗，精致典雅。林寿熙是林浦村的传奇人物。他从一个木材行的学徒当起，由于他聪明伶俐，又能写会算，深得老板赏识，很快被提拔为掌柜，之后又被派去天津主持分号。经过几年打拼，林寿熙自己创办了"濂记木材商行"。他以家乡为基地，深入闽北林区，以低廉的价格收购木材，经福州中转，运往北京、天津高价售出，尤其是承揽修建颐和园的木材供应，积攒了巨额财富。而后在重修北京正阳门时他捐了一笔巨资，名动一时，被朝廷授予四品顶戴。

绿水青山寄乡愁——
福州乡村振兴纪事

▲ 林浦村（石美祥 摄）

　　林浦村口有座北宋咸平四年（1002）修建的石桥，叫作林桥，至今仍是村民进出村子的必经道路。历经千年风雨沧桑的林桥见证了宋代福建石墩桥梁建造的成就。而林浦断桥似乎名气更大，也是游人一定会去造访的地方。断桥建于1133年，毁于一场突如其来的洪水。现存三个桥墩。五条整石桥板长22米，面宽2.8米。桥石板

上镌刻有"巨宋绍兴三年……"的字样,"巨宋"一词,也首次出现在世人面前。

村里还有唐代石塔、瑞迹寺、古井、古炮台、古渡口……无不在述说着闽江水造就的一处传奇。而这传奇还在继续。

随着福州城市东扩南进,林浦已然置身于城区中央,周边高楼林立,大道通衢,车水马龙,一派繁闹景象。但林浦依然是村庄。村庄的样貌,村庄的气息,村庄的节奏,还有村庄曾经的故事,都牵拽着人们的脚步,暂时抛却身边的纷扰和烦忧,到这里享受一份宁静时光。更何况,这里有城市的一段历史、一条根脉,还是城市留住记忆的地方。于是林浦打造了"四正文化园"。四正,源于林氏家训:养正心、崇正道、务正学、亲正人。公园的每一个角落,都流淌着正心笃学的传统文化精神。文化园里的那副千古名联"进士难,进士不难,难是七科八进士;尚书贵,尚书非贵,贵在三代五尚书"总让人为之驻足。

俯临江渚的绍岐村委会门前广场上树立着一座大型浮雕,展示

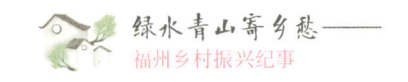

了革命斗争时期林浦船工护送地下党过江的情景。林浦也因此成了远近闻名的中共党史教育基地。

林浦村创建了非遗保护和传承联盟工作站，邀请著名闽剧表演艺术家下村，常态化开展闽剧唱大戏活动。林浦村还建有春伦茉莉花茶文化创意园，因为传统的茉莉花茶的制作工匠大多出自这里。索佳艺

陶瓷文化创意园等企业也在这里落户，更有众多文化工作室藏身于古宅深巷中。一条村级产业发展和文化传承同频共振之路日渐清晰，让人不禁感叹，一座都市中的村庄竟能蕴含并展现出如此丰富的功能。

正因为此，这座闽江畔的千年古村，便格外让人珍视。

▼ 林浦泰山宫（张旭阳 摄）

百年风流文武溪

郑秀杰

春深似海,百草丰茂。波光粼粼的一条溪流自大山缓缓而来,向大海奔腾而去。千年之后,我作为一介凡夫俗子来到了斌溪村,面对这个似古典画卷般映在大地上的明晰而清澈的古村落,我无法形容到底是一条溪流滋养了大山两岸的生灵,还是这个和历史一样绵长的村子,呵护着这条日夜不息的溪流与村民繁荣共生。

▲ 斌溪村古村落(斌溪村供图)

不知道该用怎样恰当的词汇来表达这个村子的美，是风景如画，或者是世外桃源遗落在人间的仙境？但凡来到这里，无论是置身缥缈的云雾，还是沐浴一抹暮色霞光，若能静心与飞鸟共享一曲安逸的田园牧歌，顿时所有的疲倦感便会烟消云散，心生一种前所未有的羡慕和喜悦，便想留在这片充满希望的土地上扎根、生花。

具有千年历史文化的斌溪村，与古田交界，这里地势险要、气候宜人。农耕时代，余姓先民选择在此安家落户，可谓眼光独到，从此，村民们便拥有了一个难得的风水宝地。

全村基本为余姓的斌溪村，其远祖余㻑（余清），原籍泗州下邳（今江苏睢宁县西北），唐开元年间入闽，任建阳县令，后落籍建阳五夫（今武夷山市五夫镇）。余㻑生八子，长子余焕和第八子余仲甫于唐天宝十一载（752）先迁福州，十五载（755）再迁古田杉洋。北宋初期（约960—985），杉洋余氏8世孙余从龟迁居同乐乡文溪（今斌溪村北岸），为该村余氏开基祖。之后历经千年繁衍生息，如今，斌溪村村居人口已达到了2000多人。

左文右武的斌溪村两岸青山对峙，一条溪流从村中央穿境而过，村民原先的生活起居就靠一条简陋的木桥连接，形成"一条廊桥连今古，两溪流水分文武"的独特景观。因历来受水患冲击，木桥易损，给当地村民的生产生活带来诸多不便，直到1971年，村里在木桥的原址上修建了一座钢筋混凝土桥梁，后来又在上下游各修了一座新桥，才基本解决了水患威胁这一难题。

谁说"藏在深闺人未识"？神秘的面纱终将要被撩开。时光留痕，受千年文化的滋养与传承，斌溪村至今保存有上百座完好的古民居、祠堂古建筑，它们依山傍水，鳞次栉比，错落有致，与青山古木相映成趣，人在其中，仿若置身湘西苗寨，这些古建筑与绿屏返照、

绿水青山寄乡愁——
福州乡村振兴纪事

▲ 斌溪村美景（斌溪村供图）

清溪晓日、金峰积雪、天骥飞霞、关岭樵歌、寒潭片月等 6 个村景一道，托起文武溪的旖旎风光。

2022 年被评为省级传统古村落的斌溪村素有"山襟罗古，水连福宁"之称。作为福州地区"水源地"保护区域范围内的斌溪村森林资源丰富，白鹇、红豆杉等珍稀动植物繁多。村里的老鹰山、麒麟山、月爿山、猴头山、太阳山、纱帽山等 8 座大山，撑起了一个村庄千年文脉高度，特别是那条素有"飞流直下三千尺，大化如斯谷幽兰"之美誉的猴头湾瀑布，每每让游客驻足，流连忘返，疑是吾身安处即仙境。

文武溪畔聚和气，绿水西流百家烟。说的是来自北面古田源头的水流纵贯村庄文溪后，与来自东边罗源县深坑村的流水在村尾的武溪交汇时，形成溪水朝西向鳌江奔流而去的自然景观。

斌溪村溪尾岭古道是古代罗源通往古田县的主要通道，全长1863米，台阶为青石铺设，平地为鹅卵石。一条千年古道承载了多少商贾学子的喜怒哀乐，也见证了陈毅大军途经溪尾岭时艰苦卓绝的革命精神，他们翻山越岭、披荆斩棘，在艰难险阻中奋勇向前，为最终取得革命胜利奠定了坚实基础。为纪念这段光辉的红色历史，今天，村人都爱把溪尾岭唤作"红军岭"。由于受陈毅大军革命宣传影响，在红色革命时期，斌溪村涌现了一批抛头颅、洒热血的革命者，曾在各条战线上做出巨大贡献。

斌溪村自古以来人才辈出，这并非是历史的偶然选择，如果说族谱中"留予世，遗后裔，多读书，不贵也贤"之祖训使得一个家族能够绵延昌盛、世代书香，倒不如说是斌溪人勤劳、善良、坚毅、温良的秉性，让这个古村落博得"文武双全"的美名。

人间最美四月天，翰墨飘香满庭芳。置身修缮一新的芝兰书院，我对这个千年古村落才会有更深层次的解读。该书院由余从龟四世孙余猎创建，宋宣和三年（1121）登何渔榜进士（特奏名）。百年人生，贵在进取。名仕暮年，不忘桑梓。作为管理者，余猎在芝兰书院不仅制定课规，还精心挑选课目、亲自授课，为族人培养了一大批文人雅士。如今，书院里依然书香萦绕，书籍琳琅满目，此情此景，亦可告慰这位耄耋智者彻悟人生后的初心使命。

翻开一本世代传承的《余氏族谱》，内页中的80多幅人物画像皆以金粉勾勒轮廓，历经岁月沉淀，这些人物肖像依然焕然如新，实属省内谱志类的罕见范本和珍贵的历史文献。近年来，新修的《斌溪村志》，则全方位记载了村子的发展，书中那一串串闪亮的名字，是乡人引以为傲、继续前行的精神榜样。

崇文重教的斌溪村历来英才辈出，开支祖余一凤，乃一位水利工程专家，曾带领村民倡修了一条"南水北调"的人工水渠，即把谢坑自然村的水引到文武溪，使得村里大片旱地摇身一变成为良田，保障了族人粮食与用水安全。宋隆兴元年（1163）进士"秀茂先达"余席珍，先是被祖籍杉洋的蓝田书院聘为堂长，后任职广东为官，定居粤西；宋乾道二年（1166）进士余俪，曾任左迪功郎，新差汀州司户参军；余氏第三十一世孙余承淳及其两个儿子余克就、余克登共称"一门三画士"，其中余地然（字克登）成就最高，他自小爱好画画，自学成才，精通各画种，尤其擅长工笔白描，所作《晚照鸣蝉》乃轰动当时的名画，后来被地方官求购并进贡给清嘉庆皇帝，今收藏于中国国家博物馆。嘉庆帝赏识余地然精湛的画技，遂聘他为御用画师，为后人留下了许多传世画作。中华人民共和国成立后，斌溪村村民依然继承先民"爱拼才会赢"的优良遗风，先后走出大山的大学生有300多名，有国家一级歌唱家阮余群，书法家余灿俤、余粮，有罗源文艺家"家长"之称的余光临和民营企业家余养朝、余金煌等。这些人山之子，以豪迈的身姿走出大山，在广阔的天地中，用手中画笔描绘各自的精彩人生。

旧时光的斑点依然留在大山深处如繁星闪亮，以耕读传家的斌溪人历代守护家园，在新时代建设的风潮席卷下，他们把握先机、敢于作为，在各级政府的关心支持下，先后花巨资拓宽河道、改造溪流两岸护坡、护栏，在与千年水患的拉锯战中取得了暂时性胜利。如今，村里还修复了一大批古民居，修建了"七墩八跳桥"、生命公园、

▲ 斌溪村夜景（斌溪村供图）

八仙岛公园及八角凉亭和月爿山红色主题公园等一大批民生工程，村容村貌日新月异，发生了翻天覆地的变化。

据斌溪村常务副主任余立建介绍，去年，在村两委引领下，村民大力发展油茶、金线莲等高价值经济作物600多亩，经济效益凸显，年产值达1100多万元，村民生活水平明显提高。下阶段，村里将按照"宜居、唯美、健康、拓展"之发展理念，致力村道拓宽改造工程，鼓励村民种植适宜当地气候、土壤等条件的生态型经济作物。只有让村民腰包鼓起来、过上好日子，乡村振兴的道路才能越走越宽。

峰回路转，柳暗花明。再多的溢美之词也难以囊括斌溪村所有的美好，伫立在八仙岛公园，感受满园桃李芬芳的气息，相信生活在这一方热土上的村民会继往开来，为天地立心、为生民立命，各显神通，开创更加美好的未来。

星光灿烂，人间烟火。如同那些纷至沓来的游客一样，虽说都是时间的过客，但斌溪村的古桥、古道、古民居、古油坊、宗祠、书院等不会随着历史变迁而走远，它们永远是挂在我们心间的一幅幅水乡墨画，触动了无数游子留在心底的缕缕乡愁。

往事越千年，未来更可期。一个村庄能够把文、武之灵魂完美融合，无疑是华夏文明又一个鲜活的成功典范。站在时光下游，我除了仰望，更多的是祝福和感谢。感谢文武溪像一面古镜一样映照了岁月的苦难与辉煌，祝愿她永远幸福绵长。

离开这个充满生机活力的古村落时，我透过车窗回望，远近灯火璀璨，在苍茫的大地上，文武溪一路歌唱着缓缓向前伸展……

后垄村：敞开闺门秀风华

原 野

后垄村位于云龙乡东北部，毗邻乡政府，距离闽清县政府也仅有 8 公里，算是"城乡接合部"。但因丘山围合，地势隐蔽，她一直深藏闺中，虽近不知，虽美不闻。是不是一直躲在云龙的身后，才被称之为"后垄"？为了一探究竟，我曾数度前往。

后垄，原名厚龙。当地人说因她背倚海拔千余米的大湖仙山麓，祖上认为龙脉雄厚，遂称之为"厚龙"，村小学至今仍名为"厚龙小学"。登记村名时，不知何故改为"后垄"。揭开面纱，算是认识了，自此缘分不断。

后垄是吴孟超院士的家乡，他的纪念馆便在村子中间，我曾多次来此参观学习。村中心有个"文化广场"，市里在此举办过"秋季村晚"，作为县域旅游路线推介嘉宾，我也参加了这场晚会。别开生面的"西红柿宴"在附近开办，我也曾受邀参与。个人还曾专程来此采摘西红柿，溯源"水流西"的吉溪，到南陲的大垱自然村和宝福寺探幽。每回走进她，目之所见，心中所触，均是满满的美好，真不愧"江南小婺源"：山水争胜，环境优雅，人文深厚，物产丰富，闹中取静，宜居宜业。

踏着和畅的暮春惠风，我专程再访这一村庄。分管乡村振兴工作的乡党委副书记、后垄村第一书记、村支部书记兼村委会主任随行并与我畅聊这里的方方面面。这是一场别开生面的交流，给了我许多全新的认知。

后垄村人杰地灵，历代才俊不断，最具代表性的当属获中国最高科技奖的"中国肝脏外科之父"吴孟超院士。吴老出生于此，5岁时随家人移居马来西亚，18岁回国投身革命，后来成长为医学界的领军人物，其一生曲折传奇，但从不改赤子情怀。当地人都知道他的爱乡故事：福银高速公路建设之时，设计路线要经过吴老的故居，当时暂定两个方案：一个是砍掉吉溪边一株400多年的老榕树，一个是拆除吴老故居。恰逢吴老在福州开会，征迁工作人员找到他并说明来意，他很明确地说了两句话："一切以国家建设为重。树活几百年不容易，我的房子才百余年，树大我小，我为国家建设让道。"他的老宅被拆了，那棵400多年的老榕树保留了下来。

"圣人作而万物睹"，吴老的风格情操成为家乡的佳话，并广泛影响了家乡人民。爱民者，民恒爱之。家乡人民在他故居附近盖起了吴孟超院士馆，纪念他崇高的医学成就和爱乡精神。近年，后垄村成了闽清"大城关"产业新城组团的中心区、绿色建筑产业园的重要承载地，征迁工作一度是最重要的任务。后垄村群众发扬了吴老无条件支持家乡建设的精神风尚，先后让出2000多亩用地保障重点项目顺利落地。如此"一切以国家建设为重""我为国家建设让道"的精神，令人感动。每次走进后垄，每次来到吴孟超院士馆，我都心怀敬意，高山仰止。

后垄有个特性叫"水流西"。"人生长恨水长东"，这是人们对"逝者如斯乎"的无力与怅惘。苏轼被贬黄州团练副使时，一度萎靡不振，却在蕲水清泉寺前发现溪水向西而流，于是奋笔写下了"谁道人生无再少？门前流水尚能西"的诗句以自励，自此一改颓废之态，

▲ 吴孟超院士馆（原野 摄）

终成豁达乐观的词仙。吉溪就是"水流西"的真实写照，它自《乐书》作者陈旸家乡际上村奔涌而来，穿越后垄村，一路西行纳入梅溪。无巧不成功，苏轼亦曾为这位来自闽清的后秀写过一首诗作——《奉和陈贤良》。诗曰：

> 不学孙吴与六韬，敢将驽马并英豪。
> 望穷海表天还远，倾尽葵心日愈高。
> 身外浮名休琐琐，梦中归思已滔滔。
> 三山旧是神仙地，引手东来一钓鳌。

111

此诗句句皆在鼓励年轻人要志存高远，奋发有为。这位晚辈也不负厚望，以毕生精力写就是世界上第一部音乐百科全书式典籍——长达200卷的《乐书》，遂成一代"乐圣"，其作品收录于《四库全书》，塑像至今立于北京天坛乐署之中。吉溪丰沛而清澈的西流之水，一如既往地流淌着当地的人杰地灵与美丽传说，点缀着乡风村韵，给人无限的浪漫体验和人文深思。

当地百姓最能体会后垄的优厚。暮春正忙，田间地头处处是劳作的农人，走近他们，会得到最切身的体会。这里是著名的"西红柿之乡"和蔬菜基地。数十户农民专业种植西红柿，一年可以种三茬，春、夏、秋，每季柿田均达百余亩，年产值几百万元。芋子是另一重要农产品，有红芽芋、白芋、槟榔芋三类，年总产量百万斤，全年皆有芋头上市。此外，丝瓜、茄子、秋葵、叶子菜等都应季而旺，丰富了市区人民的菜篮子，也撑起了农户的钱袋子。这也是后垄村人口外流不多的一个重要原因（户籍人口2622人，常住2315人）。

后垄不"后"，她正以全新的姿势入世。随着福银高速公路、308省道相继从村中贯穿而过，后垄便转而成为"一线"村落，并激活了土地价值。自2013年中建海峡钢构PC厂落户当地，就开启了后垄村作为绿色建筑产业园重要基地的时代。几年来，后垄村已经为产业园提供了2300多亩工业用地，有12家新型建筑材料生产企业落户该村。依托产业园的优势，后垄村主动靠前，融入了产业集群，谋划建设了5000多平方米的新材料加工基地，增强本村的"造血"功能，进一步推动村财稳步增长，让自己跻身"有钱村"行列。当前村财年收入达60多万元，全村200多名60周岁以上老人医疗保险均由村财集体缴交，这可是群众最实惠的福利。

在后垄村变"硬气"的过程中，她的"软件"也在升级。吴孟

▲ 后垄村的蔬菜种植基地（原野 摄）

超院士馆、活化利用典利厝建成的党风廉政基地、"三下乡"文化广场，以及频繁开展的各类文艺活动，刷新了后垄人对文化和文旅产业的认知。他们发展精致农业，吸引城里人来体验；他们修缮老宅，欢迎他人来流转运营；他们建成研学基地，把新业态和人流量不断地往村里拉。种西红柿、种芋头的农民对直播带货早已熟悉，他们在合作社组织下邀请网红来做宣传推介，请专业机构办班培训自家子女。这不，他们还酝酿着将农特产品直播带货引入村文化旅游服务中心。抽象的"苟日新，又日新，日日新"，在一个老村子里生动、持续地呈现着。

这些都说明后垄有实力"火"，也是一个本该"火"，并正走向"火"的新农村。

后垄的未来值得期待。后垄村的干部在聊起发展蓝图和当下产业亮点的时候，会用上激昂、自豪的语气。他们自信地说，当地完全具备了全产业链贯通与闭环的条件。一个村有了产业兴旺的底气，乡村振兴就有了强大的支撑和动力。当你双脚踏着优越区位，眼前铺着康庄大道，手里抓着充分的资源，心里怀着明确的方向，对未来就只需勇敢闯。这就是心气顺，这就是信心足！

后垄村还蕴藏很多潜力。她背倚闽清城关森林公园，是城区十公里徒步游的终点站之一；她位于华润风电项目所在地大湖仙山脚，与塔峰水电站登山阶梯仅百余米高差，是"最美风电路"和登山路线的一个出发点；后垄、大墘等自然村拥有不少保存完好的古厝，极具民宿潜质。一旦条件成熟，这些资源被开发，被激活，一个更立体、更丰富、更精彩的后垄村将"立等可取"。

打开闺门的后垄，已经落落大方地走在大家面前。继续前行，她的风华定然更加惊艳绝伦。吉溪依然奔涌，田园四季诗画，后垄的精彩新篇，我们将常阅常鲜。

▼ 后垄村典利厝（原野 摄）

阳岐村的晚霞

孟丰敏

暮春寻访阳岐村，只见天边晚霞如火烧云，绚丽璀璨。余晖穿过午桥、枝丫，铺洒在村河阳岐浦上，粼粼的波光与晚霞共同构成一幅油画色调的村庄美景。游人感叹眼前美景的同时，不禁叹息漫长岁月的无情，曾经作为福州城郊的码头港口重镇、进出福州市区的交通要道，如今也没落成了城郊乡村。

今天的阳岐村，位于福州南台岛西南部的乌龙江边。2024年暮春，我打车到阳岐村的上岐村口，只见路旁立一石碑刻字"阳岐——严复故里"。顺着上岐村路边的一排私家别墅，来到村里的午桥。午桥建于宋元祐四年（1089），是一座南北走向的石桥，俗称"五门桥"，又称"阳岐午桥"。这座千年古桥虽然看似老旧，桥面不再平整，但桥的整体结构稳定，依然能保障人和车辆安全通行无忧。桥栏上有鲜红的石刻"午桥古迹"，据传为北宋贤臣、著名书法家蔡襄的手笔。阳岐午桥是福州地区仅余的北宋驿道古迹，见证了它曾经作为福州码头重镇的历史。

午桥下是一条蜿蜒曲折的村河，名为"阳岐浦"，连通乌龙江，穿过村庄，将村庄分成上岐村、下岐村两个自然村。2017年，我来阳岐村采访，后撰《寻访严复》一文发表在新华社主办的《瞭望东方周刊》上，社会影响很大。近两年，阳岐浦两岸经重新规划打造，清除了原来杂乱无章的破旧建筑和成堆垃圾，修建了宽敞的石板路，保留了苍天古树，又补种了花草，沿河新建了几处仿古的亭台楼阁。对比未改造前的阳岐村，迥然两处天地。

　　下岐村村委工作人员告诉我，下岐村原先的村集体收入主要来源于店面、厂房出租，这样的方式对于增加村集体收入的作用也比较有限。村委坚持探索多元化创收模式，与仓山区文投集团合作共建清水湾钓鱼台。同时，将午桥旁的沿街店面升级改造，配套夜间灯光工程，打造成了阳岐小吃街。游客游玩之余，还能在此品味当地传统美食，比如蚬子锅边、炒田螺等河鲜美食。2022年，下岐村被评为福州市乡村振兴示范村四星级村。2023年端午节，村里举办龙舟赛和第一届美食节，吸引了福州市区不少游客来此游玩。

　　下了午桥右转，沿着村河一路欣赏两岸旖旎风光，几步路后只见河对岸有一座醒目的灰瓦白墙的古厝——"大夫第"。这就是著名的思想家、教育家严复的祖居地。严复祖居为明末清初建筑，坐西向东偏南，共二进，由厅堂、厢房、天井、披榭、门廊等组成。该建筑1983年被公布为福州市级文物保护单位，2006年被公布为全国重点文物保护单位。严复曾作诗《梦想阳岐山》："门前一泓水，潮至势迟迟。"此"泓水"必是阳岐浦。《严几道年谱》言及阳岐："溪山寒碧，树石幽秀，外临大江，中贯大小二溪，左右则有玉屏山、李家山楞严诸丘壑。"这首诗不仅呈现了阳岐村风景之优美，也提及了阳岐村的玉屏山。2022年11月底，我组织作家朋友们，还邀请了清末名人龚易图、叶大庄的后人一起到阳岐村参观。我们参观了严复故居和玉屏山庄。玉屏山庄就建在玉屏山和李家山之间。玉屏山庄建造者叶大庄为同治援例内阁中书、江苏靖江县知县、福州近代著名诗人，与严复是好友。到访的时候，村民非常热情地帮忙指路。我们来到了严复晚年住过的玉屏山庄，山庄为砖木结构，由门廊、披榭、天井、大厅、厢房、后庭等组成，占地面积1120平方米。其门墙上设女儿墙，形似城垛；后庭花园，假山峥嵘、怪石嶙峋、花木相映。如今福州八中在玉屏山庄内设有严复学堂的教育实践基地。我来时主人不在，不得入内参观。

我对新修的严复祖居没有太多兴趣，对严复孩童时常玩耍的几道巷十分喜欢，每次来都会钻入几道巷往返漫步一趟。几道巷是一条狭隘漫长的山阶，青石板两旁是夯土建的土墙，墙内是院落人家。有的清代古厝已年久失修，前庭却打造成花园，主人热情地邀请大家扫二维码买花。就是这样一条原始的、没有现代痕迹、充满历史沧桑感的几道巷让我十分留恋，仿佛亲近历史，就能与令我崇敬的思想家严复多了生命的连接。

距离美是美学的原理，运用在生活中也有其作用，能制造错位感和朦胧感的空间距离，淡化被欣赏的物体的缺陷，突出视觉模糊的美。隔着一条河，目光穿过浮光闪烁的花草树木，只见对岸古色古香的大夫第倒映在河面上，流光溢彩，随着水上船只的往来而被模糊成另一种梦幻的样子。2017年来到严复祖居时，道路坎坷不平，河流被荫翳的老树遮掩住，那时觉得村落像一位老态龙钟的祖母，如今河流被打扮

▲ 阳岐村的古厝（孟丰敏 摄）

成漂亮的新嫁娘了。

沿着河岸走了100米左右，出现了三岔口，河流继续向前往西通往乌龙江，左转的河道一直向东，将下岐村围绕成一座河中小岛。三岔路口有一块石碑，上刻"全球重要农业文化遗产，福州茉莉花茶核心群"。据说，下岐村的乡村振兴计划中有一个项目就是打造茉莉花岛。听到这个消息，我特别兴奋，因为研究茉莉花茶历史多年，我也发表了许多与茉莉花茶相关的文章，成为这方面的研究者，还举办过几次文人雅集式的茉莉花节，所以本地文人、有关茉莉的企业家多数知道我。其中一位从事制作非遗茉莉花膏的企业家郭斌老师听说我来此采访，特别提醒我要去茉莉公馆看看，因为去年我受他邀请一起来参观过当时正在兴建的茉莉公馆。这家公馆是间民宿，但主人有意为乡村振兴贡献个人力量，所以把公馆周围打造成茉莉花园。他们希望我为茉莉公馆举办茉莉花节出谋划策。于是，我特意来看看茉莉公馆。

沿着河岸往东走，我被一路上的风景迷住了。这里的村河河面比较开阔，河岸上有一片灌木草丛，草丛中种植了高大的树木，还分布十几种不同的茉莉花。草丛里每隔十几米便有一块石碑，上刻名人题词，皆与茶有关，比如制定寺院禅茶制度的百丈怀海禅师的"一日不作，一日不食"、茶祖神农氏的"神农尝百草，日遇七十二毒，得茶而解之"、茶圣陆羽的"一器成名只为茗，悦来客满是茶香"、蔡襄的"茶色贵白，茶有真香，茶味主于甘滑"等，由此可见下岐村对茉莉花茶文化的重视，把推广茉莉花产业视为乡村振兴的重要项目。

草丛外是绿荫小路，路旁是两层民居建筑，有的人家门口用竹篱笆围出一片花田，有的人家竹编一个拱门花架，再搭一座竹间茶室，

▲ 阳岐村的小桥、流水（孟丰敏 摄）

与周围自然景观融为一体。我想，趁这春和景明，对着面前潺潺的流翠泄玉的河流，坐在这花草丛中的竹亭里，茶桌上摊着一本诗集，闲适地品一杯茉莉花茶，那是怎样的从容惬意、逍遥自在、满心喜悦，是我一直梦想的近郊田园生活。

到了茉莉公馆，内部正在进行软装修，公馆主人带我游览一番，并向我介绍下岐村这一带的乡村振兴项目。公馆外的河边设置了几处简易钓台，供人钓鱼，听说市区不少人专门来此享受垂钓之乐。阳光明媚的午后，春风正暖，钓鱼者们在安静钓鱼，仿佛已远离俗世，只沉浸在水的世界里。河的中央还有一座半岛，很适合打造成茉莉小岛，夜晚在此雅集，岛周围可以泊一叶茉莉花点缀的兰舟，附近的古厝也可以出租给从事文创的青年，将这个村落打造成文创村。

茉莉公馆主人说第二天要做锅边，用当地特产蚬子做汤，邀请我再来体验。第二天，我和郭老师一起来体验茉莉公馆的第一锅传统蚬子汤锅边。我最喜欢吃锅边，久违的蚬子汤锅边让我十分开心，建议他们在美食街上做成锅边一条街。福州有多处美食街，街上的美食大同小异，所以要充分利用自己当地的特产特色来打造美食街。

阳岐村在福州的近郊，却又与繁华拥挤的市区隔着一条河、一座岛的距离，从市区开车经三环路，半个小时就能抵达村庄。这不远不近的距离最适合都市人在厌倦了日常的都市喧嚣、快节奏的生活时，逃到这里，享受笼罩阳岐村的晚霞。泡一壶茶，对着夕阳，独坐江边垂钓，忘记还在尘世……

高丘

吴 晟

许多年了,我还记得旅台诗人陈子波先生的那一首诗:"携筇觅径上高丘,俏立棋盘怯久留。一局未终人事改,不知尘世几春秋。"

此诗已镌刻于旗山,诗人系闽侯南屿人氏,诗里的"高丘"即指旗山,素与鼓山并称"左旗右鼓,全闽二绝"。"棋盘"者,乃"左旗"肩扛巨石一方酷似棋盘,老人说曾有仙人对弈于此,若登临其上,可横眺全城直至"右鼓"之巅。仙人眼皮底下,一座城在不断地长高长大,互联网代替了蜘蛛网,天空的飞鸟也给无人机让出了路线,一局未终,沧海桑田。

又是人间四月天,我从市区驱车前往"高丘"下的一个村落,村落里的一间古厝,那里生养过科学的高丘一座。

闽侯与福州,无论是在历史还是地理上,向来你中有我,我中有你。而今,南屿镇又托管于福州高新区,"旗鼓"怀中,界线越发朦胧。不到半小时,车轮就碾上36米宽的"五都大道",路借村名,倒也简洁明了。汪曾祺说中国许多计里的地名,大都是行路人给取的,如三里河、二里沟、三十里铺。那么,以"都"为名者最早是谁取的?里与都,也都曾是古代行政单位名称,周代就已用"里",或宋开始用"都",而今带"都"之地,多是沿用历史叫法。"五都"村亦如是,旧属侯官五都,但行政级别、辖区范围,今古全异。名虽同,

"面貌"和"身材",早已是两个人。

路边几面"桑葚节"的彩旗还在飘,还在哗啦啦地说着不久前的繁忙景象,那时远近市民蜂拥而至,争采一树一树的黑甜。我来不及细品还留着芬芳的田野,右转,沿洁净的村道拐两个弯,可见一群褐木灰瓦的古厝,错落于村心,安详得像个老祖母,诸多后起之秀多是新式楼房,像祖母跟前挤挤挨挨的儿孙。

居中的一座老屋,外立白墙,敞着门,像一册线装的古书,翻开封面,引我入胜。前倾的屋檐下,悬一面厚重的木质横匾,上题六字行楷——"双院士文化馆"。我左手搭着木门,步入这座建于清朝的闽派建筑。正厅堂两边分列着主次房,坚直的梁柱托举婀娜的斗拱,斗拱上的朵朵祥云整齐浮动,无论风朝雨夕。四面回廊绕着方正的天井,天井两边对称的房间叫作梓院。我想起《诗经》里的句子"维桑与梓,必恭敬止",住宅边的桑树和梓树乃父母手植,若见"桑梓",应该恭敬。"梓院"雅称,其来有自?头微抬,却见四边屋檐无缝成框,刚好框住那一座翠绿的高丘,一双齐飞的燕子也悄然入框。

抬头天井外,悠然见旗山。但想来这份闲适,当年的主人也不常有,那时神州板荡烽火不断,民生之艰难可想而知。1916年,袁世凯恢复帝制失败,护国战争爆发,同年8月5日,主人庄雪斋得子,巧逢"七巧",便取名"巧生",巧妙的寓意,他用一生去演绎。

我轻轻走过一间间屋子,都被收拾得很干净、很精神,唯独庄巧生出生的那间屋子,地板一直潮湿,从未干过。当地负责人特别向我强调了这个有趣的特点,还带我查看了其后和左右房间地板以及紧连屋子的走廊,全是干的,奇怪。也不奇怪,他一生以田为家,与麦厮磨,自然与水共生。庄老年近百岁时还在工作,该下地还下地,

▲ 五都村双院士文化馆（高丘 摄）

特别是开春到麦收季节，至少要去一次试验田，他说："这对我来说是一种难以向他人说清道明的特殊享受。"我琢磨着他的话语，看着那几平方米湿润的地面，确实难以说清道明。

　　我常对朋友说，品读历史人物，我喜欢亲近他的出生地而非纪念堂，出生地，不说能解读出多少生命密码，至少能触摸到人物生长的粗略纹理。庄巧生在老家生活到5岁，便随父亲远涉南洋，到苏门答腊岛边上的一个小岛上去了，在那个地图上都找不到的地方又生活5年，读完初小后回国。5岁后的日子已变成各种文字和图片、传记和影像，正陈列在他5岁前的家里。民族在风雨飘摇中艰难跋涉，他在岁月旋涡里艰辛求学，越是荒芜，越需要种子，他要成为这样的种子。

100年后，在《中国科学院院士传记》编写时，早被誉为"世纪麦翁"的庄老对来访者如是说："我一生只做了两件事，一是育成十来个优良冬小麦品种，并在生产上应用；二是编写了几本与小麦或育种有关的专著，为国家农业科技事业留下些许历史记录。仅此而已，微不足道。"

历史也有自己的记忆，20世纪80年代初期，中国终于解决了10亿人口的吃饭问题，农业生产取得了具有里程碑意义的巨大成就。为此，小麦育种工作者功不可没，其中，我国著名的小麦遗传育种学家庄巧生为我国小麦生产的发展做出了卓越贡献。

"小麦遗传育种是一项见效慢、科研投入巨大、不易出成果的研究。……因此，很多小麦研究者一生都难以选育出一个新品种，庄巧生在40多年的育种生涯中，主持和领导的课题组先后选育了'华北号''北京号''丰抗号''冬协号'小麦良种30多个，累积种植面积达到4亿亩……他还把小麦种植的海拔高度提高了700米……"

对麦子的品种虽感陌生，但麦子的味道我们熟悉，只要我们嚼过馒头、嚼过面，就会体会到他的心血。

"这外围的土墙，斑驳粗糙，还留着被烟火熏黑的痕迹，都保持着庄老出生时的模样……"屋后传来年轻的声音，原来是文化馆在招聘解说员，几个大学生正在面试。我循声走近，伸手摩挲那一堵夯土墙，摩挲那100多年的阴晴冷暖。

去南洋后第一次回到故里，此时庄巧生11岁，悲哀的是这次是扶着母亲的灵柩回乡。母亲黄梅英也是闽侯一户农家的女儿，上山下田，辛勤劳作，但性格非常内向，沉默寡言，很少听到她说出嘘寒问暖的话。她对孩子的关爱，多是默默无声的表达，冬添被褥暖做衫。儿子曾向她讨钱买零食，她总是推说问父亲，后来孩子隐约知晓母亲不管钱，可能也不想管。1927年夏天，母亲不幸染霍乱去世，就这样匆忙潦草地走了。"事后想来历历在目，让人潸然泪下。"那时已年近百岁的庄老在远方思念母亲。我忽然想到五都村后山有块摩崖石刻，刻着"思父岭"三个大字，那又是谁在故乡思念父亲呢？许是某位游子所刻，自己的故乡却是他人的远方。

▲ 五都村古厝（高丘 摄）

葬母之后，庄巧生在老家又住了几天。5岁前的记忆已相当稀薄，他要重新记住家乡，记住有土墙可靠的老屋，记住门前飘着稻香的碧野和屋后停泊白云的青山。他记了一辈子，直到晚年都和乡亲保持联系，每次来电都询问家乡情况，关心着家乡的发展和变化。100岁时，还为家乡刊物《翠旗文化》题写了刊名。看到家乡的图片和视频，老人红了眼眶说："五都村变化太大了！当年的小山村，如今真的变成富美乡村了！"

"这是庄巧生院士的女儿庄文颖院士，她是我国著名的真菌专家……'积德行善，苦读勤耕'这8个字是庄家祖训……"听起来，面试者已走进另一个房间。同行的付书记告诉我说："2022年8月，在我们的双院士文化馆开馆之日，庄文颖院士专程回乡出席活动，而在开馆前三个月，庄老走了，虽然高寿105岁，作为乡亲，我们还是深感不舍和遗憾……"庄巧生院士生于8月5日七巧节，谢世于5月8日母亲节。

　　文化馆右邻，同为木构老屋，已被修葺一新，几个年轻人跑前跑后，忙上忙下，他们都是艺术工作者，有来自浙江的，有来自本省其他地区的，都毕业于中国美术学院，通过项目招标来到此地。他们以文化馆为中心，在周边打造艺术家聚落、少儿美术馆、乡村生活馆等，用文化热情，用艺术手段，用青春活力，去照亮"老祖母"的皱纹，照亮乡村里的童心，也照亮自己年轻的梦。看到我们进屋，他们放下手中的活，滔滔不绝说蓝图。飞溅的激情，让我相信那些缤纷的创意，很快就会从他们口中走出，朝我们眼中走来。"我们计划本月18日就举办首场国美学子作品展，欢迎再来！"道别时，他们不忘热情地强调一遍。听付书记介绍，这是他们"振兴乡村"的一个项目，双院士无疑是五都村一张不凡的名片，村里力争呈现其应有的气象，让院士精神在家乡传承。

　　走出古厝，我又认真打量着周边风物，在无人机的镜头里，五都村位于旗山南麓的盆地中，而院士祖屋则紧靠旗山，视野开阔，尽管上了年岁，但在旗山青翠的怀里，依然是年轻的孩子。我出了一会儿神，意犹未尽，且步陈子波先生原韵，再吐几行诗："高丘怀里育高丘，丘上风光壁上留。叶落又成新种子，年年破土看金秋。"

从来有风，写意八井

半　夏

"山哈，一个清风明月般的名字／曾镶嵌在罗源大山的深处／拾掇着自己的世外桃源／口口相传的畲语像一组基因密码／谱写出咿咿呀呀的山地情歌／演绎着生生不息的样板／扎着红线圈的发髻／托举起金色凤凰那素净的灵魂／从山上一路走下来"——这是两年前我写给山哈即畲家人的一首诗的上阕。

世间所有的故事总有开头，而这首诗的灵感之源便来自一个纯畲族村庄：八井。由于地处罗源县松山镇相对偏远的山坳里，八井在我认知的视距里，充满着神秘的气息。或许因为小时候，但凡大人们说起山哈，总能与他们的独门秘技"截脉"（点穴）关联在一起，让我对畲家人一时心存忌惮。

翻开历史长卷，却发现畲家人经历了千百年的族群命运浩劫，一路颠沛流离，一路躲避战祸。在文明和平的年代去重读一个族群的大迁徙，不由心生酸楚。尽管畲家人大多数偏居山隅，落后和贫困曾困扰着他们，但隐忍坚强的基因却不曾消减半分，怡然自得的心境依旧岿然不动。而罗源县虽然只是畲家人漫漫迁徙长路里的中转站，却赋予一个少数民族生生不息的精神佐证，这也成了我执意落笔为畲家人吟咏作诗的本心。

时过境迁，沧海桑田。记忆中那个密不透风的村庄、言行孑然的山哈以及看似怪诞的风俗，伴随着畲汉不断交融，一切都在悄然变化，逐渐变得愈加安然和谐，成为民族间不可忽视的一部分，这是一场跨时代的精彩纷呈的演变。

如今前往八井，但见一条宽阔笔直的柏油路，在两旁葱郁的树木掩映下，向着大山深处延展，而路的尽头就是八井村。如今走在八井，周遭清新且充满生机，一座座小别墅拔地而起，一条不长的村主干道上竟张罗着多家小型超市和杂货铺，足以见得这里的日常烟火是何等浓烈与炽热。

今年"五一"假期，我专程邀约村支书雷可寿一起漫游八井，想再次领略一番村庄招呼远方客人的盛景。走在路上，他无比自豪地与我聊起近些年村庄的蜕变：2019年基础设施大幅度提升，被国家民族宗教委员会命名为第三批"中国少数民族特色村寨"；2020年福建省"中国农民丰收节"福州专场主会场设在八井，而以扶贫为题材的电视剧《那山那海》剧组选在八井拍摄盛大的畲族"三月三"演出；2021年畲乡里民宿度假区正式开业；2022年成功获评福建省中医药文化宣传教育基地；2023年央视"凤舞畲乡"春季"村晚"舞台搭在了八井。除此之外，八井村还获评福建省乡村振兴实绩突出村、福建省高级版绿盈乡村……我相信这些都是八井村以自己的智慧和勇气，奋力书写"乡村振兴"战略篇章，用破茧成蝶的执念和焕然一新的容颜，为自身带来无法估量的"福气"。

▲ 八井"畲乡里"民宿度假区（游永健 摄）

雷可寿说得意气风发，可我听得神思飞扬。即便我只是个外来人，但在这十来年里，由于工作的缘故，我从未掐断和八井同频共振的那根弦，尤其是他心里最为珍视的半山腰那片土地，也充盈着我的记忆。

在我"结识"八井时，这半山之地存留着十多座破落的老屋，与山上的竹木相互收留、彼此照看，无人问津，颇为荒凉。而今，荒凉之地长出了盎然春意。以前我每年都要来八井几趟，走访慰问困难家庭，后来渐渐地不再是为了工作，而是为了纯粹的欣赏而来。欣赏一个少数民族村庄如何拥抱命运的眷顾，欣赏一出凤凰振翅高飞的样板戏。

作为畲家福地，八井显然攒足了蓬勃生机，于静谧处散发着无穷的引力。在我眼里，"畲乡里"民宿度假区的落地生根，就是最好的证明。

"畲乡里"仅凭半山地势错落起伏的曲线，再将树的绿意、花的芬芳、屋的典雅，巧妙地安排在一起，便足以写下八井日益蓬勃的编年史里较为惊艳的一笔。这里，是休闲独处的心安处，也是疯狂的欢乐谷。还记得2021年元旦，"畲乡里"正式开张那天，我恰巧置身其中。从踏入拱形门扉的那刻起，我一路紧随目光的指引，快意收割一秒一帧的美好，但想到这是一处古朴与时尚联袂、清幽与热烈携手的居留地，来日必将为这座静默已久的村庄带来前所未有的喧嚣与欢腾，也必将给为之逗留的人们的心底留下一段旁白：这是一座座古厝从荒废到重生的奇迹见证，更是当下人文最为返璞归真的一种艺术表达。时至今日，"畲乡里"单纯如初，日复一日、年复一年地敞臂迎接南来北往的旅人，永不孤独地驻守在这片宁静致远的旷野。

与"畲乡里"遥相呼应的八井凤鸣街，傍山而建12幢具有畲族风格的木构仿古建筑，这是县委、县政府启用乡村振兴专项资金为八井打造的一处文旅联动的新天地。沿街屋舍除了作为八井畲族医药展示、疾病诊疗、服装制作、畲族银制饰品展示制作、畲家小吃等之外，听闻这里还即将拉开亲近自然、静心康养的序幕，将与"畲乡里"民宿一道唱起大山深处的欢歌；至此，不难想象在不远的将来，畲家人的独特文化虽浓缩于这方寸之地，但终将迎来大放异彩、为人津津乐道的高光时刻。

沿着高低起伏、蜿蜒迂回的小路漫游，时不时会有些沾惹浓郁畲味的鲜活的物件扑面而来。譬如八井拳剪影墙、畲女静坐雕像、"畲"字创意形象以及坐落八井公园中央的凤凰塑像……我相信这些设计巧思，都是畲家人最为质朴的迎客之道，想要真心挽留匆匆过客，让他们切身体验一把畲家人的生活日常，好将这里所有的美好故事带去更远的远方。

倘若仅凭这一路上星星点点的修饰，的确很难描摹出畲家人精神家园的轮廓。而畲族历史记忆馆和畲族技艺传承馆，则是悠悠岁月里最地道的"说书人"。

畲族历史记忆馆由罗源县政协原主席雷志森捐献的故居改造而成，陈列着畲族历史人物即"蓝氏三杰"、雷海青、雷发达等人物的生平事迹及畲族迁徙、畲族婚姻、家训家规等资料、实物。馆内除了"本色记忆"，还有"红色记忆"，讲述了土地革命时期，叶飞等革命前辈在八井村宣传中国共产党主张，组织畲族群众开展土地革命，解放战争时期中共连罗工委领导温成钦、李玉镇等人在八井村组织畲族群众进行革命斗争和武装斗争，中华人民共和国成立后党和政府对八井村文化、经济建设的关心等故事。而畲族技艺传承馆主要展示畲族服装、饰品及凤凰装制作、苎布织染工艺以及八井村畲族医药传承情况；专设"八井拳"演示厅，介绍八井拳术的要领和传承人等。

在这两座修旧如旧的馆里所展示的每个人物、每个故事、每个摆件，曾经因为环境闭塞和族群隔阂，一度蒙尘，仿若隔世，如今

绿水青山寄乡愁——
福州乡村振兴纪事

▲ 八井村一角航拍图（游永健 摄）

跟随着时代奋进的齿轮，终于揭开厚重的面纱，隐隐闪现着金色的光芒。我心想：这既是畲家人最为珍贵的记忆，也是观光者涤荡灵魂的福音。

站在"畲乡里"拓展的石屋咖啡馆的天台，八井新颜尽收眼底。尤其是村民自发组织修建的面积达3000平方米的停车场，今天停满了来自异乡的游客自驾车，而不远处的公园、民宿、凤鸣街、儿童乐园则人流如织，欢声笑语，不绝于耳。面对此情此景，我脑海里忽然扑闪过八井的旧貌，与眼前同样的经纬、同样的族群、同样的山野不停地交叠，最后于心底最深处掀起一阵狂潮，再从唇齿间轻轻抒出几个字：时代的乐章，美妙至极！

时代，如歌亦如诗。回想两年前为这首诗定名时，我曾游移不定。记得有天，再度拜访八井，看到一群游客围着凤凰塑像拍照时，我似乎找到了答案。凤凰是畲家人世代守护的精神命脉，而凤凰装又是那般夺目而灵动。再联想畲家人在历史的洪流里无所畏惧，搏浪前行，最终一路高歌且有惊无险地泊在时光的岸边。我不假思索，

133

绿水青山寄乡愁——
福州乡村振兴纪事

▲ 八井凤鸣街（游永健 摄）

决定将这首诗取名为：《凤凰谣》。

　　无数次的到来，无数次的离去，木是一场不由分说的缘分。今天，在我作别八井时，《凤凰谣》的余章倏然在心间响起、在风中荡漾开来——"当融合的齿轮开始转动／畲家专属的物件抽丝剥茧般显现／从陌生到熟悉到为之骄傲／那些刺绣着红白图案的衣袖／那些萃取植物精华的乌饭／无不在倾诉着一个少数民族的谦卑／沧海桑田像一首奔流的歌谣／畲家人在岁月里韬光养晦／只为能以更优雅的身姿走向明天。"

　　恰巧天公作美，那时那刻，日光刺穿阴云，倾泻而下，既照亮了八井，亦明媚了我心！

洋坪村："上"与"下"的哲思

朱 砂

当远处的山风还没来得及爬过洋坪村的山头，此时，"人之初、性本善、习相近……"的琅琅读书声，比鸟鸣快了几步，在大山里吟唱……但终究，风行走过的痕迹，其实有迹可循。是片片花瓣急急忙忙地砸下；是朵朵花苞惴惴不安地被追赶；送至有风的地方，向着风的方向，徒步或歇脚。

仰头望去，寻及读书声的源头。循着、寻着，直至抵达两扇黑框铁门外。门上赫然写着醒目的 8 个大字：柔谦艺培、国士摇篮。国学基地，在惜字炉顶之上，在洋坪村的中心处。似一座岛屿——向下扎根的岛，敞在亮堂的天地间，浑然成经典。

"弟子规、圣人训、百孝悌、次谨信……"耳膜被清脆抚触，似蒙稚正拨弄蒙台梭利的五感玩具。靠近、再靠近，直到我已然成为赏景人、听风者。不忍用脚步踏碎这诵读国学之声。不甘发出琅琅读书声的孩童。

罗川有 4 处"国学之地"，而洋坪村则是其中之一。石上履痕，是激流而来的水花所造的艺术。道道条条，各具风韵。"天行健，君子以自强不息……"声调不一的读书声，竟同窗外的流水声声声呼应。飞溅而起的水花们，也悄然绽着、放着、动着、舞着，向上……

国学堂的孩童们，来自不同地区，年岁不一。他们为了让声音

绿水青山寄乡愁——
福州乡村振兴纪事

▲ 洋坪国学堂基地（洋坪村供图）

　　落地、落地、再落地，在山野深处、在树梢高处、在朝云边上、在溪泉中央，渐高、渐低，是形而向上的哲思力量，是厚德之下的载物宏大。

　　这里位于罗源县西偏北方向。偏离闹市，隐匿于山窝里一处葳蕤生机，郁郁葱葱，不疾不徐。山窝处生长着栋栋青瓦白墙的屋落。

　　我曾对"上"与"下"有着自己的孤傲的理解。与此同时，我双脚贴地，与大地的气息更近了。

　　"上"与"下"，脚与心的血脉相连，连接的频率是相辅相成的，似共生似呼吸。

据说这里安住着 16 座明清古厝,清明两代还培养出 6 个秀才。

厝落各具风格。恰如对面厝,四回廊八书院,形成了一个合院。这里也曾是承德郎萧奇怀的故居。再如水头厝,其厝如其名——水的来处。此厝,分为正厝、横厝、花厅厝 3 个厝院。门匾上挂有"文魁",院前衬有富贵之花,我盯着牡丹看,恍惚间在牡丹之前坠入百年前的牡丹之生。

何其有幸,能在落花飘落前,完成一次和它的气息相交相融。

迎面刮来寒暄的风,将我领至澹台别院。拾级而上,正厅外的空地上,天幕守护着木桌椅。来此地的人群,或饮酒,或谈叙,或凝思,或躲雨,或歇脚。一旁葳蕤的香樟树,在地上投下机灵的影子,沉默的桌面,都被天幕一一覆盖。十几间的客房,也在久候远客。

若是来场雨。于屋内,聆听雨水敲击的节拍。我的指节敲打着墙面,声声逼近喉头,顺滑心灵深处的"滴答滴答"。入肺润心,向上开花。

不得不提的是步步升檐——七檐八檐相交叠错。雨水来临时,屋檐便发挥积极作用。一青瓦一声令下,召集所有的屋瓦们,哗啦啦地发出动静,随着嘈杂的声响仿若心的阶梯也在步步高升。在人类看得见的屋前檐和人类探望不到的屋后方,青瓦们齐刷刷地铺开。雨水之下、流水之中,是静闹处,亦是定心处……是这里的安心处。

入屋院内,乍一看,每间屋舍配有一檐,不分正厅、左厅、右厅。一条溪流悠悠然躺在两户人家屋前,是相交点也是分界线。走近,置身其中,似被村落推远。茫然的疏离感,却极为恰到好处。

采花溪泉下,悠然见洋坪。蜿蜒曲折的小路径,脚步未行经的前方,脚下的路优先展延开来,创造了生活的远方。拼接而成的花岗石路面,腾出缝隙给足任何生命猛然生长或安静发芽的空间。在

▲ 洋坪民宿——澹台别苑（洋坪村供图）

　　人类不知情的时候，总有生生不息的生物在萌动。当我们知晓时，它们恰如猛虎出山，嘶吼声响彻整片山头。仰头看去，有名字的、没名字的树叶，纷扬而来，叶带花的、花带花的，赶集似的形成一个回忆。可语可言，可语又不可言。

　　一孩童从教室里拎起艳红书包，跨在肩上。凌乱的发丝似早春的嫩芽，自在摇摆。触动了我的心绪，想必也触动了晚春的神经末梢。孩童从我身边急速飞奔而过，我的眼前闪过小女孩红彤彤的侧脸，柔和的下颌线，如冬日绵软的质感——这是我对她所有的画面记忆。只见她脚步盈然地踩踏在河岸上的石阶上，忽然俯身，临河照脸，拾捡起为数不多残碎的水花。用水泼面，双掌贴面，从额头抚至下巴。我的心也清凉起来。

绿色蓬勃的菖蒲落在水中石块上，一簇又一簇。似乎仅抛掷些滑溜溜的石块们，便能见到菖蒲们拉帮结派往下扎根。水中软沙肆意，溪涧滑坡处，设有鱼鳞坝，水流缓缓流过鱼鳞般的坝上。

"上善若水，水善万物而不争……"行之处，言跟随。国之精粹随处可见、可得、可感、可知。溪两侧一侧靠街面，一侧自行成墙。墙面之上，总有种种指引：善、谦、雅、智、信、韵、德、恒、敬、学……一词词的形象跃然于白墙之上。字墙，成为人们眼中的深邃精神的表达。

洋坪公园上的环形似圆满的心。绕成的是圆，走在国学之圆上完成圆满的叩拜，字字句句如藤蔓心扉。似在石床上铺展开半卷竹席，《论语》的经典被岁月推近，驱离，直至置身于天地间。子曰："时而时习之，不亦说乎？有朋自远方来，不亦乐乎？"整洁的卷面，字词飞舞，倘若你侧卧其上，睁眼间，将完成生命里的舞曲。

两扇站立的扇形镂空屏风石柱，刻着经典如《弟子规》《孝经》《礼记》《孟子》《大学》《中庸》……更有二十四孝之王祥、曾参、吴猛……

此时，一只似自斟自饮，醉意十足的蜜蜂飞得歪七扭八。我紧跟它，遇见了它们——蔷薇悄然爬上树，成为花里的树，成为树里的花。我是第一次见到如此奋不顾身的蔷薇，身形娇嫩优雅，却肩负着满园花香的使命。

拥有400多年历史的古村落，藏匿着绚烂的国学之花。在笑靥如花的孩童们吐出时的言语，被风吹散，依旧童趣四溢。

"我等既为仙人，驾云云海……踏浪过海……"我的耳畔又响起戏曲。我快步走向戏曲的源头，台上4位红绿蓝白身姿舞动。舞台两侧滚动的LED灯随着他们的台词或缓或快地闪着。我贴墙侧耳听着，又按捺不住好奇，探身进去。人群仿若层叠的春笋，笋尖高低起伏。春笋的身姿左右摇动，交头接耳，窃窃私语。

这里曾是闽剧的聚集地。闽剧——福建五大剧种之首。20世纪40年代，男女老少，浓妆抑淡抹，或激昂或低缓，均是舞台上的灵动使者，是自己、是他人、是所有可能的剧本角色。连排的木椅椅面上，端坐着肥瘦不一的臀部。但细看之下，明显多了些青年少年的纤瘦身姿。两位高挑的男孩，十六七岁的模样，其中一男孩用手指着台上的"包拯"，竖起了大拇指，惊叹的表情流露，接着双手鼓掌，手捂住嘴。邻座男孩的手环过他的脖颈，点点头，似表示赞同。

"让一让……"一身旗袍的妙龄女子边拨开前方的熙攘人群边说道。猛然发觉，我早已顺着人流走到人群中心处。目光快速扫过，座无虚席。索性干站着，心头却被台下的笑声、台上戏曲

▲ 洋坪幸福小院（洋坪村供图）

文化赋能

的声响吸引。

"爷爷,爷爷……这是三太子哪吒?"身高不及我腰的小男孩拉着老爷爷的衣角。

"是……是呢。"老爷爷说着也笑着,眼角绽开的横纹仿若山茶花重瓣后,如大海溅起浪花,自在松弛。

小男孩瞪圆了眼,"哇……爷爷……快看……他脚下的风火轮……"张大了嘴,男孩惊呼一声。

我已然忘了站了多久。随着人群散去,才恍然发现窗外漫起薄雾,曼妙不可亵渎。

我行经之处皆哲思芬芳。洋坪村"上"与"下"的答案——在我手臂更长处,在我脚下更深处,百花开。

漈上村：如得涅槃更神凰

池雪清

漈上，诗如瀑，瀑如诗。

泱泱《礼书》《乐书》，并蒂莲一样，从这个村冒芽、生发、绽放，直至惊艳北宋的天空和璀璨的中华文化。

去年，我来此采写礼乐的风采，犹如朝圣。

时隔一年，我又来此采写村庄振兴，依然难遏心中的仰慕。

虽然不知何时、何由，您被简写成了"际上"，我依然钟情您的原名——宣政里漈上村，既是对礼乐先贤陈祥道、陈旸的敬仰，亦因骨子里对古韵的执念。

据"闽清通"文史工作者张德团考证，漈上、漈下两村紧挨，由一路向西流的昙溪串联着，其分界与名分皆缘于漈水崖瀑布。"上""下"两村落差百余米，中间隔着一道绿树丛林，"漈"（福建方言中对瀑布的俗称）在此跌落，漈上、漈下的方位与名分也因此确立。

漈上村位于闽清县云龙乡南部，位于福州北上的古驿道之中。如今，距202省道6.5公里，距福银高速云龙互通口7公里，距闽清县城13公里，距316国道16公里，交通仍算便捷。隐而不远，郊而不偏，恰是她的独特气质。

4月的风，将暮春缠绕成诗行，一村山水被涂抹成一幅生动的画卷。

古木森森，昙溪淙淙，桐花漫山，鸟雀唧啾。恣意流淌于空气中的负离子，慷慨地赠予每一寸肌肤；似有若无的花香，撩拨着每一根青丝。满眼是无法描摹的绿波，鼻翼翕动，耳道通畅，每一个毛孔打开，我沉浸在无边的自在里。

作为2022年省级乡村振兴试点村之一的漈上村，经过一番"宜居乡村建设"，基础设施、文明乡风、环境条件都得到了提升，处处旧貌换新颜。在村干部提供的资料中，我看到了一系列改造提升的数据：

30栋古民居周边环境经过"六清"，清理庭院，拆除临搭，规整道路，疏浚沟渠、整饬农田，面貌焕新；10栋古民居翻新屋瓦，3栋危房加固除险，10栋民居庭院美化；村道沿途500平方裸房外墙彩绘，3公里村道绿化、花化，5处空地化身景观小品；宋代石梁桥的主题提升，30亩音乐农场田园空间改造，礼乐广场全面升档，3套装配式移动管理房就位；300平方米礼乐书院（暨陈氏宗祠）院落改造，《礼书》《乐书》主题完成……

我要重新用脚步丈量，用双眼打量，这些"数据"植入后的故地。书写着漈上辉煌的摩崖石刻，承载着厚重历史的一桥一陂，皆如德高望重的老先生出现于我的眼前。我抚摸着饱经风霜的碑刻，千年往事历历在目；轻踩着烙印历史痕迹的石梁桥，似乎又看到了北宋的客商人烟往来起落，看到了棣萼联芳、礼乐同辉的"二陈"为民请命。桥下，古老的昙溪嘤嘤哼鸣，故事说不完，历史永向前。

我是漈上村的常客，前两年因为省级课题项目调研，几度走进漈上村。炎炎夏日里，耕田里满园丝瓜上架，好似《只此青绿》中娉婷着曼妙身姿的舞者在风中摇曳，让人心生清凉；霜降人间时，

▲ 村里的礼乐广场（池雪清 摄）

闽清人百吃不腻的"挂菜"（闽清方言，芥菜的一个品种），就那样浅浅地立在土的表层，伸茎展叶，随性生长，我惊叹于它的平衡性，到底是怎样的功力能支撑得起丰腴健硕的身躯？漈上村海拔200多米，水质清澈、土壤肥沃、气候适宜，是丝瓜、红芽芋、挂菜、茶树生长的好地方，这里的蔬菜瓜果品质独好，从来不愁卖。

漈上村总面积万余亩，其中耕地1478亩、园地488亩、林地7620亩。村支书黄忠明说，村里白天大约有400多人务农，这里的山山水水留给他们太多的念想。青壮年大多都外出打工挣钱，劳动力少了，烟火气也少了。尤其是人才资源匮乏，成为乡村振兴中最直接的瓶颈，但是村领导依然积极地谋发展。这些年，村委会陆续收回承包期满的山林，就为守住难得的绿水青山。他还告诉我，由乡建乡创团队负责打造的音乐农场、大众茶馆、研学基地、礼乐广

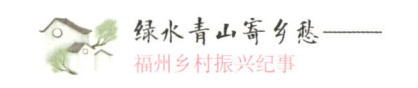

场等已基本完工。目前最大的问题还是缺乏专业团队,缺乏运营人才,漈上村迫切地想引才、引智、引流、引商、引项目,以盘活这片美好的土地。

风中飘来一缕愁丝,那是礼乐兄弟的感叹,那是十八进士的忧虑,古村千年的足音萦绕耳畔。文化系于根脉,历史照进现实。如何突破乡村振兴的瓶颈,将礼乐文化发扬光大,让乡村回归繁荣兴盛?

私以为,乡村振兴首先要人才振兴,乡村两级要注重人才引进与培养,要通过乡情和事业感召人才,不论是外乡贤俊,还是本地的优秀企业家、技术人才、高干、退休老干部等,都要热诚地欢迎他们利用自身的资金、人脉、技术、资源等为乡村寻找突破口。

其次要政策振兴。筑巢引凤栖,花开蝶自来。制定优惠政策,吸引城市青年人才下乡,把智创、文创、农创等引入乡村,为乡村带来新的活力,为农业带来更多可能。

再次要活用资源。不是所有的村落都有漈上村如此厚实的文化底蕴,加之当地独有的清幽环境、优秀的空气质量,养在深闺里的她值得更多人了解她、亲近她、倾慕她。

我憧憬着礼乐古村落——漈上村将耕田、山林、园地与礼乐文化有机融合,以"无痕"+"自然"的设计理念,"特色风貌"+"民宿"的设计形式,使农、文、旅得以恰到好处的开发。

读万卷书,行万里路。研学是立德树人根本任务得以落实的一种重要的教育方式,可以拓展学生的视野和知识面,增强综合素质,培养团队合作精神。积极开展研学旅行,可以促进校内教育和校外教育之间的有效衔接,提供家庭、学校和社会之间的更多交流。漈上村是礼乐文化发源地,据史料记载,古时漈上是闽清通往省城和京都的古驿道重要路段之一,曾有多座石梁桥与驿道衔接相通。如今村中还保留有许多宋代的文物，如石桥、石碑、石蹬和摩崖石刻，完全可以作为研学之旅的基地、情侣升华感情的沃土、中年男女修身养性的天然氧吧、老人颐养天年的绝佳之处。

开设的体验课程应该满足不同人群的需求，让牲畜养殖园、采摘种植园、糟菜制作园、茶籽采摘加工园、野炊篝火园等遍地开花，可以体验耕田养殖之趣，也可以探寻古村历史渊源。可以涉足原始丛林探秘、徒步登山，挑战极限；也可以观摩大众茶馆、音乐农场的特色经营，提升服务意识。有的就地取材，置办农家饭菜，自行解决三餐；有的采访村民，挖掘故事，积累写作素材；有的走门串户，开展"我为你做家务，你请我吃顿饭""社交我能行"活动……人们在农田步道、层层梯田上，在乡村农舍、古老建筑里，在千年古树、摩崖石刻间，停留、穿行、吟咏，让手脚接地气，褪去过多保护层，培植生存能力，习得社交技能，感受淳朴民风，学习如何做人。而应运而生的民宿更需要的是保护性改造而不是换血式整改，理应秉承"以旧修旧"的原则，保留原有的构造、建筑元素，合理开发，充分利用。这些特色优势资源打造出来的农业产业链，应该可以吸引年轻人回乡创业吧。"以铜为镜，可以正衣冠；以古为镜，可以知兴替；以人为镜，可以明得失。"我想说，以村民为镜，可以验证乡村振兴的真与假。

在我的脑海中，"礼乐文化研学课堂"开班了，经过培训的村民正在传授适合中小学生阅读的《礼乐文化传习录》。让礼乐文化代代传承，惠及众生，这是陈祥道、陈旸兄弟俩最愿意看到的吧。

夕阳西下，倦鸟归林。绿锦堆中半团雪，千枫拥出一桐花。油桐花开，青山作底，洁白如雪，好似山间堆起层层洁白的祥云。俯身拾起一朵不知何时飘落的花，鼻尖浅嗅，一抹淡淡的清香随即送

▲ "起傅岩"石刻（池雪清 摄）

入心田。桐花虽小，不像牡丹那么雍容华贵，但绽放之时却有一种村野淳朴之气。

　　我向山里的老朋友——凤凰山、钟湖山、古石梁桥、摩崖石刻——一一挥手，回望村子里的新客人——大众茶馆、音乐农场、礼乐广场当下孤寂落寞的身影，我期待它们有美好的发展。带着山风赠予的一身清爽，满怀馨香，我下山了。漈上古村在身后目送我离开。等您风光再霁，我必然再来！

生态文明

风华卓越二刘村

简 梅

一

没有几天工夫，是走不完二刘村的。我慕"二刘"声名已久，虽距我的家乡长乐梅花镇仅七八公里，驱车15分钟即可到达，亦属邻镇邻乡，可惜总是擦肩而过，未能深入成行。但这一天终于来临，当我走进它的风烟深处，真真切切感受到这个内蕴传奇的千年之乡，是如此德业彰显："达者为名公巨卿，处者为鸿儒硕彦"，全村仅五平方公里多的土地，人口有3000多人，自宋以来，竟先后出了76个进士，更有"两代四进士""四代十五举人"之誉。而它又显得沉敏隐逸、不事张扬，了解越多，内心深处的震撼就更难以平静。于是，春夏之交，正值绿杨流莺、槐影熏风，半个月之中我探访二次，踏跺着久远的时光，轻叩古村的隽美秀丽，行迹所至，移步换景，点点串缀，那山、河、田、院，那桥、井、杆、厝……无论岁月历经多少沧桑流转，二刘村所承祖脉流淌着"敦睦、醇静、忠孝、灵秀"的气韵，却永远不会消弭隐没。

当我手捧村里乡人递来的每本厚达7厘米的《八贤刘长乐统宗世谱》时（共计15本），我仿佛捧住了华夏几千年的文明，从荒蛮时代的兵马潇潇、流离迁徙，到垦荒立家、生根繁衍，更从尊贵的

▼ 古厝上精美的装饰（简梅 摄）

汉皇族到中华"刘之大姓",每一步都栉风沐雨、步履维艰……

二刘村依山就势,傍水而生,四周筹峰山、凤山两山围合,从凤山望筹峰,巍峨壮阔,从筹峰看凤山,精巧雅致。村居聚落平坦,形成山环水抱的自然生态屏障。村口的长溪,今乡人唤为二刘溪。听闻同行的村主任介绍,二刘村古为海澳之地,因闽江口下游泥沙受海潮顶托,积沙成洲。他提到"二刘村"的来历:原来开基始祖为刘晖公,娶筹峰山麓陈塘港西北口畔的丰城陈氏,于宋太平兴国末年(983)从长乐东城迁到丰城,北宋大中祥符五年(1012)刘晖考中进士,历任登仕郎、度支郎中,官至都员外郎。年高致仕返回丰城定居。当时陈塘港受泥沙淤积,刘晖组织民力,疏渠围堰,高地种橘植桑,低洼之地养鱼养鸭,经过数十年不辍开拓,耕地不断增加,在凤山脚下形成刘氏家园。随人丁繁衍,长、次子世居"外刘"故居,三子则迁居"里刘"。因而逐渐形成"外刘"和"里刘"两个聚居区域因,因而得名"二刘村"。而刘晖公正是五代十国时因避乱从河南光州固始县随王潮、王审知队伍南下,开创闽国任先锋部将的刘昌茂、刘昌荣、刘昌祖三兄弟之后裔,为刘昌祖的曾孙。云龙桥的修建,正是刘晖公曾孙刘君震所为。宋绍圣四年(1097)刘君震考中进士,最后官至左朝散大夫(从五品)。他为官清廉,政绩卓著。年近古稀致仕归故里后,率领侄子围堰造田数百亩,并携夫人陈氏筹集巨资在家乡营造古桥三座,开凿七星古井,千百年来百姓口口相传:君震公"修三桥凿七井",造福桑梓,功德无量。

我的目光移向在这座始建于宋宣和五年(1123)、已鼎立900多年的云龙桥,千余年前这里靠近闽江一带为汪洋,南乡学子、商贾等要经二刘村北上,必过云龙桥,而长溪水流湍急,每遇大水,溪上搭建的木桥常被冲毁,可想而知造桥之艰难。我了解到,君震

绿水青山寄乡愁——
福州乡村振兴纪事

公竟是在73岁高龄时造此古桥。眼前的桥为三墩四孔石构平梁桥，东西走向，全长约27米，宽2.2米。与福建众多石桥一样，其桥墩与桥台由条石叠砌，特别是两边由两条粗大的长方形石梁构成，共8根，厚达50厘米，石梁间横铺石板。此桥与众不同的是，梁两头内侧凿成卯状，榫以石条，来稳固桥面。同时为防止横向的石板移动，首尾两块石板的两端用榫卯结构，以锁住青石，体现了古人的智慧。桥墩呈船形，分流上游来水减少阻力。我蹲下摩挲着桥梁上的多处石刻，有的虽漫漶不清，但仔细端详，字迹仍苍劲

▲ 刘氏大宗祠（简梅 摄）

有力。云龙桥虽历经重修，但基本保留着原貌。2017年，由于多次遭受暴雨洪水侵袭，出现了桥墩倾斜、桥面凹陷等问题，在省市级政府和文物部门的推动下，启动了云龙桥修缮工程。如今，眼前的桥依然连接着美丽乡村两岸，长溪清潺。

过桥不远，即可见到"先贤坊"。长乐刘氏自唐入闽，为纪念先祖伟业功绩，曾临摹"八贤五忠图"，著名古文家林琴南先生曾为刘氏族谱写序。而二刘村宋时竟有"四代出五贤"的传奇，即闽中学者刘嘉誉，其子刘世南，孙刘砥、刘砺，曾孙刘子玠，个个贤达。画中少年即刘砥、刘砺，曾拜朱熹为师，于宋孝宗乾道二年（1166），

以兄 11 岁、弟 9 岁，同登童子科进士而被传为佳话，后人便觉得"二刘"村之名更有添彩的意味了！但牌坊是清康熙五十七年（1718）而立，离曾孙刘子玠（南宋淳熙二年即 1175 年进士）时代也过了四五百年。朱熹避难，理学过化，史实沧桑，今人无法评说旧事，却见"坊立天地"，数百年来古人下马、落轿，瞻仰过坊，而后沿着深幽的古道，细碎脚步、嗒嗒马蹄接力穿行，苍茫人世间……

二

  二刘村，条条村道洁净，点点乡音缭绕，街屋式、骑楼式的新时期建筑，和明清、民国传统的"六扇五""四扇三"等古民居错落有致；泮池、风水池塘、沟渠、幽幽古井，无不勾勒着静谧与乡愁；由朱熹选址、鼎立千余年的刘氏大宗祠，诉说着家族兴旺，根深枝茂；永思堂、勤有堂、琴午堂、满春堂、树德堂、椿萱堂，各房公祠堂号古朴厚重，它们似乡间串联的珍珠，印证着"筹水长流日映华堂呈瑞气，阳山叠翠星辉书栋献祯祥"的交相辉映。而现存之龙峰书院、五贤书院、出云书院、山寨书院，以及溪东亭、树德斋、依佐斋等八座书斋，更是"家诗书、户弦诵、彬彬向学"及"进士之乡"最好的佐证和榜样了。

  尤其令我景仰并敬重的是，二刘村自古出英雄贤才。第二次探访时，我专程慕名探访"黄花岗七十二烈士""福建十杰"之一的刘六符的故居，他亦是二刘村人。当穿越巷陌，抵达一座马鞍墙曲线流畅的古民居时，从月门进，才知，两落透后、四扇三的明代建筑结构已经重修，在刘六符前座原厢房旧址石柱上，镌刻着"二刘师从宋鸿儒，六符追随孙中山"的楹联。步入恢宏崭新的厅堂，往

▲ 二刘村一角（简梅 摄）

左侧后门走，首先映入眼帘的是硕高的巨柱上大笔镌写的"七十二健儿酣战春云堪碧血，四百兆国子愁看秋雨湿黄花"。迈过门槛，背面整个门厅木板贴满纪念黄花岗烈士的图片文字，荡气回肠！左边一小间即刘六符故居，挂着烈士遗像，陈列生平事迹，门联上用毛笔庄重肃穆地写着："壮士长眠黄花岗，英雄根植筹阳境"。外侧墙体上悬挂着由"黄花岗七十二烈士"之一刘元栋裔孙刘仁杰敬赠故居惠存的牌匾——"浩气长存"。而刘元栋，在"八贤刘"族谱上与刘六符属入闽同宗，刘元栋为29世，刘六符为32世。

我也记下了无数如两位英雄一样有着忠肝义胆、在历朝历代中保家卫国的二刘才俊——五贤之一"刘砺"三子：刘子钰、刘子琦、刘子瑾，他们在元军压迫下，护卫南宋赵昰宋端宗，一步步往南撤离；刘沂春，抗清名臣，携子刘元台和侄刘时望、刘时爵、刘应荨等共同抗清，南明政权消亡后隐居二刘"出云岩"；刘光龙，于崇祯末年抗清复明，明亡后继续在浙东、闽东坚持抗清十余年，失败后隐姓埋名……

还有刘清泉，在"七七事变"时参加南京保卫战，带一排战士与日寇展开激战，奋不顾身，后受到宋庆龄接见；刘孝鋆，参加抗日战争时的江阴保卫战、田家镇要寨保卫战；刘晓峰，1950年10月加入中国人民志愿军赴朝作战，5年半军旅中立功6次……

浅浅的笔墨，无法一一道明二刘村这个"忠义之乡""儒学圣地"可歌可泣的故事。赣州千年福寿沟至今还深深感怀知州刘彝这个立下汗马功劳的水利大功臣；还有刘建韶，清廉奉公，是民族英雄林则徐的生死之交，危难之际将自己的三个孩子托付于他。还有爱国华侨刘宝江、刘敬芳、刘德榕，著名乡贤刘美雨、刘宜家、刘金玲等，他们多年来为家乡修路、助学、护厝、孝老……

午后，我站在筹峰山晦翁岩的山顶，远山清朗，古树盈天，远眺人间烟火，四处熠熠生机。二刘的故事永远流传……

桃花溪畔月洲村

赖 华

桃花溪畔的月洲村,千年历史文化古村落,可用芦川桥廊上先父的一副楹联来形容:"英才辈出千秋雅韵呈先后,浩气长存一代雄词烁古今。"

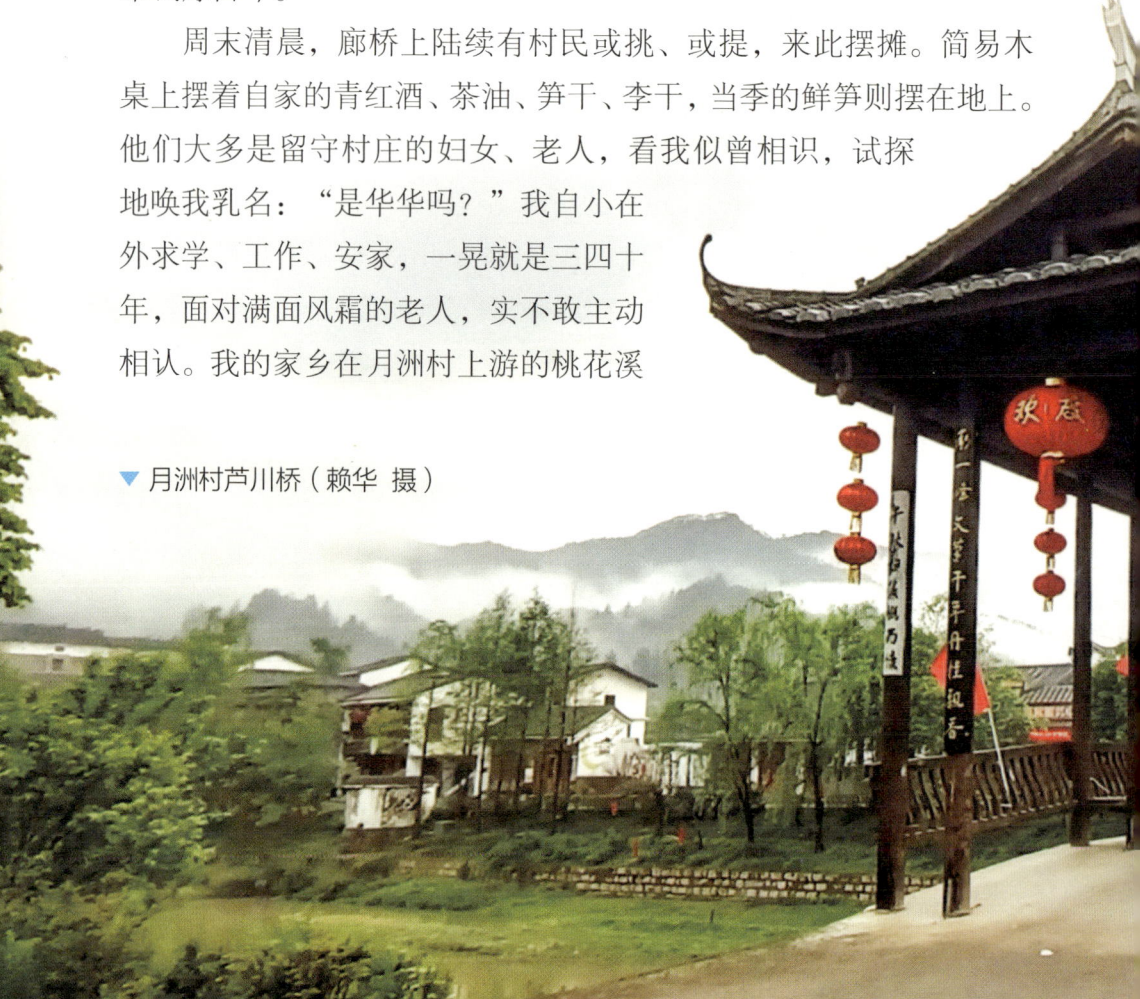

周末清晨,廊桥上陆续有村民或挑、或提,来此摆摊。简易木桌上摆着自家的青红酒、茶油、笋干、李干,当季的鲜笋则摆在地上。他们大多是留守村庄的妇女、老人,看我似曾相识,试探地唤我乳名:"是华华吗?"我自小在外求学、工作、安家,一晃就是三四十年,面对满面风霜的老人,实不敢主动相认。我的家乡在月洲村上游的桃花溪

▼ 月洲村芦川桥(赖华 摄)

畔，两村相邻，能直呼我乳名的定然是家乡的故人，我欣然应答，于是更多乡亲与我热情招呼。

原横跨桃花溪，连接月洲村南北两岸的是三木串联桥，常被洪水冲毁，两岸村民往来耕作及孩童上学皆受阻。记得1997年我出嫁时，溪口大樟溪上的铁索桥未能通车，婚车只好停在永嵩公路旁，迎亲队伍需走过铁索桥，坐上等候在桥头的拖拉机，一路"突、突、突"地来回颠簸。彼时，桃花溪畔交通闭塞，更遑论游客过来，村民们或农耕或外出打工。他们可曾想到，有一天也能在桃花溪畔支起小摊，做起游客的小生意？1998年，溪口铁索桥拆除改建拱桥，溪口至月洲的村道亦修缮成村际公路，逐年拓宽。2018年，月洲村被评为"福建省最美休闲乡村"，为了推广乡村旅游，村两委在芦川桥面上建木质桥廊，为纪念爱国词人张元干（号芦川），又将廊桥命名为：芦川桥（后又名状元桥）。

我看着廊桥上乡亲们用蹩脚的普通话笨拙地向游客兜售农产品。也许，人间诗意与世味

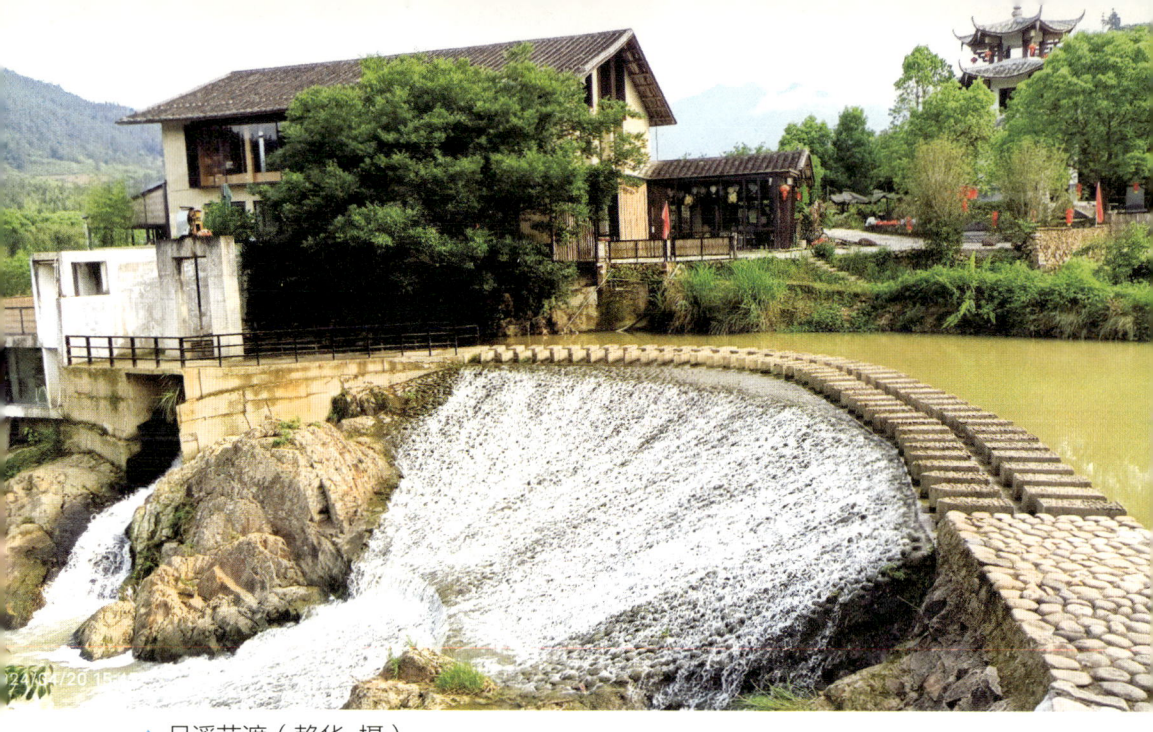

▲ 月溪花渡（赖华 摄）

烟火并不相悖。芦川桥廊柱上镌刻着永阳诗社的诗人们撰写的楹联："状胜桃源一脉清流浮皓月，元为桂苑千重芬馥出芳洲。""看半月沙洲十里秾桃映日，承一峰文笔千年丹桂飘香。"恍若移步间，便翻阅了月洲的山水形胜、人文历史。然而，乡亲们一钵一饭的庸常、晨昏相遇的言欢，亦是我的欢喜。

芦川桥和"五十堂"之间的井潭街，新建于2018年。街上有台湾设计师设计的酒楼"得月楼"和土特产商店，皆为木质结构，上下两层。薄雾氤氲中的新井潭街，犹如曼妙少女。而位于芦川桥上游，现已消失的旧井潭街，承载着月洲人太多美好回忆，不忍遗忘。旧井潭街是永泰西山片人家前往嵩口古镇街市的必经之路。街不长，从千年古井至桥头百多米，是月洲村的繁华所在：打铁铺、饭店、旅馆、酒坊、理发店、裁缝铺、豆腐坊等等各种营生应运而生。记得小时候路过井潭街，街面光滑的鹅卵石，沿街廊沿的美人靠，打铁铺里叮叮当当的打铁声及四溅的金色铁花，总能吸引我驻足良久。

铁匠不俗，当夜幕降临，放下铁锤、着戏衣、绘脸谱、登上"五十堂"戏台，是闽剧生旦净末丑里的角儿。王礼秀说，月洲闽剧团始建于1967年，至1980年解散，戏班成员均是月洲村民，有的既是演员又担纲后台乐手。他们白天干活，晚上排练，农闲时外出各村巡演。《逼上梁山》《龙凤金耳扒》《十五贯》等是闽剧团的经典剧目。演绎最为精彩的戏剧人物有《逼上梁山》里铁匠张秋炎演的鲁智深、王育洲演的高俅、张明秋演的林冲等，广受喜爱。戏是浓缩的人生，一方小舞台、短短几个时辰，即可经历剧中人跌宕起伏、荡气回肠的一生。演员哭笑皆可恣意坦荡、酣畅淋漓。现实是居此穷乡僻壤，敝衣恶食，连温饱都成问题，日子是一眼望不到头的窘迫，闽剧是精神寄托。至今，亦有老"演员"，在夏夜里，架起二胡，拉上一段。闽剧作为月洲人的精神文化食粮，依旧保留在传统节日的庆祝活动中。每年三月三上巳节，村里会邀请六区六县的闽剧团驻扎"五十堂"唱大戏。

桃花溪源自同安、霞拔、东洋，一路纯朴欢快，到了月洲村，却妖娆出"月"字身姿，日日以桃花为饵，历经千载。终于在后唐明宗长兴四年（933），等来梁国公张睦之子张膺、张赓辞官携眷，出福州城、逆大樟溪、溯桃花流水，觅得"月"字沙洲。他们到达月洲后，即建堂奉祀，名"五十堂"。自此演绎出张肩孟父子进士、五子同朝、祖孙三代十八条官带的科举辉煌。宋天圣二年（1024），张膺后人张沃考取功名，亦是永泰县第一位进士。张沃考取功名的同年，张赓后裔、闽台最大的农业神张圣君诞生，信众无数。

踏上芦川桥，跨过桃花溪，步入"月"字沙洲。张元干故居已于2013年修缮。对岸村口处，重建了"寒光阁"，是三层六角仿古建筑，传说张肩孟曾在"寒光阁"上读书。蛰龙潭边，亦重建了古代模拟科考现场的"雪洞"。张膺、张赓俩兄弟于乱世匿迹深山，耕读为本，修身齐家，择机出仕，实现治国平天下之抱负。

那天，我们走进张元干故居，雨水随之铺天盖地，瓦檐雨势如注，远处笔峰山、笔架山朦胧其间。我们只好静待雨歇。紧邻张元干故居的芦川书院占地面积 300 平方米，全屋杉木材质、卯榫结构，最大程度地还原了南宋时期的建筑。讲堂里松香宜人，忽然忆起戴云飞先生写月洲的文章《梦园》。或许某一天，"月"字沙洲亦将翠竹深深，一半桃林一半李；春惹沙洲，一半绯红一半蕊白，其间古厝飞檐翘角若隐若现。忽闻芦川书院内一先生、一群垂髫小儿，齐诵"蕊香深处，逢上巳，生怕花飞雨红。万点胭脂遗遮翠，谁识黄昏凝伫（张元干词）"。洲上鹅卵石小径逶迤，游人若隐若现。洲

▲ 月溪花渡美景（赖华 摄）

外桃花流水潺潺，溪上水车悠然。

如果说芦川书院是未来可期的梦园，那么"月溪花渡图书馆"和"孩子的院子"则是孩子们的美好时光。

从芦川书院至月溪花渡图书馆，村档案管理员张维群带我从蛰龙潭、玉狗湖过水跳墩溪坝。水势正好，坝墩可行人，玉狗湖坝高落差十多米，形成圆弧形的流瀑美景。张工说："两处坝坡本是平滑的水泥面，水流无波澜，平淡乏味。经设计，决定在坡面贴大小不一的石块，制造凹凸不平地势，水流冲下，哗哗有声，瀑白如练。"他是二级建造师，2017年退休回村，为月洲村建立"乡村记忆档案室"、整理村历年文书档案等。

村支书曾巩荣是自小在外打拼且事业有成的月洲之子，家乡情怀让曾巩荣选择走上"回村"路。"回村"的道路并不平坦，一路走来，曾巩荣总结乡村工作要点："村看村，户看户，群众看党员看干部。"在治理乡村的过程中，他最先找上月洲张氏族长张维贱，一个90多岁的老党员。"村部的事情我大力支持，你们怎么讲就怎么做。"老人大手一挥，尽显军人气魄。老人是参加过抗美援朝的志愿军战士，三年朝鲜战役，历经无数次生死考验，1981年退休回月洲，总是积极参与修桥铺路等新农村建设。

"月溪花渡图书馆"前身是"月洲水电站"，于2018年华丽转身。我恍惚记起小时候挑着谷子步行2里地来此碾米的情景。张工肯定了我的记忆，他十七八岁时在水电站里帮忙，对这里的一梁一柱皆了如指掌。他兴奋地对着图书馆一楼正中位置比画，说两根柱子旁原是两台碾米机，后面是碾糠机，左侧是莆田人在加工米粉，右边是梧桐人做切面，楼上住人。原先安置碾米机的两根柱子间摆着一小茶几、两个蒲团、两张小矮凳、一架小书架，书架上方悬挂着"十乐闲居"字幅。我看着楼上楼下摆满各类书刊的书架，一杯咖啡一本书，面对桃花溪悠然而坐，最好的休憩莫过于此。

2013年停办的月洲村小学，现已精心改造为"孩子的院子"。宽大的庭院疏竹夹道，庭院左侧的大草棚里有风箱土灶，可煮可炒；原两层教学楼改为住宿区，曾经的教室改住房，变了功能，但依旧保留土木结构的原貌。楼道走廊及门厅墙上由小块瓷砖烧制、拼贴而成的名人名言和大幅的世界地图、中国地图亦保存完好。教学楼前搭建的阅读手工区域，孩子们在此可学手工扎染、体验上灶烹调，亦可在夜晚的星空下尽情撒欢。经年累月，月洲已不是旧模样。它已率先踏上一条全新的道路。

碧水村央

邵永裕

顺着路标指向，从203省道折向大喜村道。水泥路在峡谷半山腰向前延伸。茂密的植被，让小汽车仿佛一只小鹿，时隐时现跃动于林荫中。

伴行的山势像村姑的臂弯，由拘谨变得舒展，慢慢张开。远远望去，一条大坝，拦住了远眺的视野。升腾的山雾，飘浮在山峦间，在光的照射下，不断变幻着光怪陆离的景象。雾霭衬着墨绿的群山，像一幅铺展的山水画卷呈现在眼前。

站在坝上，放眼望去，豁然开朗。一路走来，狭窄的峡谷，突然变得开阔。一湖碧水在村中央，倒映着蓝天白云，把挺拔的峰峦荡漾成灵动的风情。水面宽阔，不管站在哪个位置，皆可感受在水一方的美妙。湖水把山脚下的农舍拢在了同一平面上，与盛开灿白的李花交相辉映，迷离间仿佛坠入陶渊明笔下的桃源胜境。

山脚房舍黄墙黛瓦，宁谧平静，与世不争，如同一幅定格的水墨画。画中的烟云不会消散，画中的时光不会流转。慕名前来，抑或不期而遇的人，不假思索地探寻这里远离车马喧嚣的奥秘，倾听这里隐藏在人世间最平凡的故事。

这里演绎着"夜不闭户，路不拾遗"的安详，我想了解珍藏于村庄的秘密，由于交流的妇人乡音浓重，难以沟通，只好把猜测留

绿水青山寄乡愁——
福州乡村振兴纪事

给自己。

有一天在镇上，邂逅一位朱姓老人，方知大喜的过往与来处：拓荒的先祖，为躲避战乱和兵匪，渴求寻个僻静安宁、可供安身立命的地方，携家带眷，顺着峡谷攀爬于崖石和丛林间。山穷水尽，正是惶恐之时，突然眼前一片开阔，做梦都不敢想的惬意，居然在面前呈现。惊喜不期而至，心花怒放的他们，不禁仰天高呼："天赐啊，大喜！大喜啊！"定居后，先人便称此为"大喜"。后来，在附近又开发出一个小村落，被称为"小喜"。

从此，他们隐居田园，守着简朴的柴扉，修几径篱笆，看三两桃李争艳吐芳；或荷锄在田埂间，牵一头黄牛，遥看天边的晚霞。他们以大喜为中心，接纳了11个不同族姓，分布于三个自然村，繁

▼ 浪漫大喜（张培奋 摄）

衍了600多人。村人围着一湖山水，和谐共处。

大喜又名特喜，由大喜、岩富、陈坑三个自然村组成。自然村很小，但也出过一些人物。据说明朝年间，陈坑朱氏家族，一家三兄弟包揽进士前三名：朱八探花、朱九榜眼、朱十状元。小弟欲把状元位让给大哥，惊动了朝廷，皇帝得知他们为兄弟，不禁大为震惊。

立春寒意料峭，流动的风还透着冷。但你踏入大喜，那房前屋后，田野山头，一片清香的白花，把村庄连同周围青山点亮的同时，也让你心灵朗阔了起来。素洁淡雅的花朵汇成花的海洋，青瓦白墙的民居古屋点缀其间，倒映在蔚蓝的湖水中，微风吹拂，水纹荡漾出从不曾见的魅力。每个来到大喜的人，若有幸遇上包围着整个村庄的芳菲花海，一定会抵达梦里的故乡。

大喜的村落依山傍水。村前是哺育生命、创造财富的人工湖，湖面散发着岁月的宁静和沉香。提起这个赐予大喜鲜活的水，便有让人说不完的故事：人工湖始建于20世纪70年代，广阔的湖蓄积着几百万方的水用来发电办竹木厂。"农副结合，畜牧并举"，依靠人工湖造林、种橘子，村民收入不断增加。在缺衣少食年代，大喜家家有余粮，人人腰包鼓，日子过得悠然自在，大喜成了许多人追逐的梦园。获得物质享受后，他们开始注重精神追求：村里建起电影院，创办文艺队，举办夜校，成为远近闻名的明星村。

湖底有座倾圮的寨，俗称大喜寨。村里有两个寨，此寨地势较低，俗称下寨。1928年土匪陈培芳啸聚大喜，占领上下两寨，上寨作为指挥所，下寨驻扎部队。陈匪以此为据点，苛捐杂税、烧杀抢掠、作奸犯科，残害民众，1933年3月被十九路军檀启秀部剿灭，下寨被榴弹炮炸塌一角。

湖水一如既往的澄澈，就像大喜人寻常的日子，波澜不惊。坝底流淌的每一泓清澈，滚转电机点亮山村的同时，也滋养着嵩口千年古镇的繁华。

村庄的房屋保留着闽中建筑素朴典雅的风格，房舍多为土木结构，注重依山面水，南北朝向。不管站在村庄的哪一面，这古朴又错落有致的房舍，成了曾经的村民展示存在、表露喜悦的最好注脚。被岁月染霜的老宅，吸引人们敲开它的门扉，打开一段大喜往事。错落在湖边、山腰的民房老屋，虽然多因人去楼空而显得荒凉，但也因花果树木的精彩点缀丝毫不逊色。

漫步于湖边农舍前的村道，不期然与供销社、礼堂、回迁屋、古榕树林、雨和民宿、喜气山房、老人活动中心相遇。在大喜，礼堂是大喜乡亲的精神寓所，是晾晒在村庄里的一幅古画，这一非同

▲ 美丽大喜（邵永裕 摄）

　　寻常的建筑，仿佛再现了当年乡亲对精神食粮的渴望和等待。走出大喜或走进大喜的人，只要经历过那个文化生活匮乏的年代，走近这礼堂，那相同的记忆会抖落成一地的感动。

　　如今的大喜，不管是因拙朴让人心动，还是他人的游记引你前往，去过后，人们留下最多的评价是："大喜很漂亮，大喜变得越来越美、越来越有活力。""美丽乡村"打造，"乡村振兴"建设，大喜正逐渐成为样板，令无数钟情山水的人蜂拥而至。

　　我对大喜情有独钟，每年都会去一两次。即使这样，还是会感受到它的变化和变化的力量。

大喜变得越来越有内涵：盘活旧供销社，改造成携程丽埕别院民宿，集展馆、展销、会议、研学、驿站于一体，提供文旅多功能服务。

　　活化利用移民回迁屋。打造喜乐小院和艺术家部落。引进史荣影音、德化柴烧白瓷团队，不断丰富乡村文旅业态。盘活流转古榕树林。打造小海狸"山里之家"野奢休闲地。

　　活化利用已有景观。提升改造"鹀来人家"、鹀来谷、峡谷、大喜桥、岩富等观鸟基地及摄影点。建生态博物馆，打造自然生态教育基地。"中国鹀来谷"已成闻名遐迩的观鸟摄影基地。

　　改造旧小学楼房。创办雨和民宿，对接中央美院、中科院石探记研学团队，打造生态写生和生物多样性调研实践基地。

　　复原旧礼堂。保留其20世纪70年代苏式风貌，以青砖、白墙、黑瓦等传统建筑元素，打造感知古建筑点位。整修后的生产队仓库

▲ 泛舟大喜水库（邵永裕 摄）

已引进小海狸团队，打造出的"喜气山房"，定期开展亲子游、研、学活动，极大丰富了旅游业态。

徜徉在大喜的乡间小道或湖边，擦肩而过的人群要么来领略这里的湖光山色，要么随队或领孩子来研学。不时遇见扛着"长枪短炮"的摄影达人，他们是奔着白鹇而来；遇见红男绿女，他们是朝着峡谷探幽戏水而去……这里曾经的宁静和安详，正被"游、研、学"人群渲染，变得更为生动、更有活力。

大喜有太多的风景令人流连：可以去陈坑观察白鹇悠哉的闲适；可以选择去峡谷，让奔流的清涧洗去心间最后一抹浮华；也可以从攀岩越涧的艰难中，悟得付出与收获的朴素道理；还可以在山间溪涧与飞越的大雁对话，衔一缕乡村的炊烟，踏梦而飞。

染过大喜的白云清风，此后的人生哪怕千回百转，这段缘分也不会轻易抹去。一剪闲云似乎让人望见故乡的溪月，一程山水如同误入桃源胜景的浪漫，一湾碧水揽着群山的画面，恰似世间最美山水画卷的铺展！

力生村：大樟溪畔春正好

许文华

城峰镇力生村坐落在永泰县城西郊，是一个革命老区村，离县城4公里，下辖4个自然村，以大樟溪为界，分别是南岸的湖台，北岸的六角坑、蒲阳、蕉濑。其中六角坑为中心地带，蒲阳是海拔最高的自然村，蕉濑是永泰县城建校所在地。

力生村依山傍水，地形狭长。12平方公里范围内，村落分散，是一个畲族行政村，畲族人口近半。村子曾经囿于自然条件和畲家人独特的民风民俗和生活习惯，发展缓慢难以突破。但事实上，力生村现正在蓬勃发展中：提前甩掉了贫困帽，近年获评省级乡村治理示范村、省级文明村、市级乡村振兴试点村等荣誉称号。

程磊是在2021年7月，受福州市委组织部选派来到力生村担任驻村第一书记。村部中心地带堪称美丽乡村的样板。村庄圆润，春意葱茏。一口人工塘，塘水清澈，倒映蓝天白云。塘边花红柳绿，众鸟啁啾。十几栋民居依山就势，错落有致。村容村貌整洁宁谧。程书记带我踏上"闭环"之旅——从村部出发，顺溪边栈道进六角坑，再返回村部。她说："我们村地形比较窄长，为了能拓宽空间，同时解决公路安全隐患，我们请专业人员实地勘察，打造出这条数百米长的溪边栈道。"

原来大樟溪边另有大乾坤啊！一个小小的公园，花木繁茂，立

▲ 力生村村口（许文华 摄）

着"义务植树基地"的牌子和村务宣传栏。走下一段小石阶，就看到了栈道。它沿溪边铺开，逶迤盘旋如长龙。溪滩上，春花烂漫。黄麻笋竹、甜笋竹、绿笋竹和花笋竹，郁郁苍苍，重重叠叠。大樟溪近在咫尺，波宽浪平，蔚为壮观。野鱼喋喋，鹭鸟翱翔。对岸是甬莞高速，隔着百米溪流望去，车流在绿树红花里忽隐忽现，也如一条长龙。

栈道地面近2米宽。巴掌大的鹅卵石被密密麻麻地镶嵌在水泥路面上，隔一段距离镶嵌出一朵团花的样子，自然又别致。路过两个观景平台，各长数十平方米，挑高的水泥地面上有仿木纹水泥栏杆，放着石桌石凳，牢固美观。自然生态更显清雅馨香又野性十足。程书记说，有了这条栈道，有了观景平台，村民在炎夏往返耕作时，常在这里驻足纳凉，赏了山水，叙了亲情，宽了视野，暖了人心。

栈道在六角坑自然村水码头处停住了。一棵高大繁茂的樟树，苍老遒劲的枝条伸向碧绿的溪水之中，仿佛在诉说那久远的红色故事：20世纪40年代，当地百姓积极配合红军，加入游击队或充当地下交通员，英勇抗敌，壮烈护国。这大树是革命老区村的见证，不仅为后代子孙遮风挡雨，同时留下一串串可歌可泣的抗敌故事，滋养和激励着后人爱国爱乡，建设美好家园。红军树下，有一座简单又坚固的小房子，门口竖着"大樟溪冬泳健身基地"的石碑，我们见到了几个来自各行各业的冬泳健将。他们热情地分享了冬泳的乐趣，话里话外对这个地方喜欢得不得了。

　　山回路转，我们不知不觉走进了六角坑自然村。时光仿佛静止了，《桃花源记》中的句子蓦然萦绕脑际：土地平旷，屋舍俨然，有良田、美池、桑竹之属，阡陌交通，鸡犬相闻。一片百年树龄的樟树、油杉树，是开村始祖种下的风水林，树围粗壮，树干苍黑，树冠庞大，树叶遮天蔽日。树下摆几张木质长桌，配几张木条凳。水泥路面被拓宽，加上了木栈道，在屋舍边穿行。几丛芭蕉，几架葡萄，一片青菜园，生机盎然。路边不时出现一个小亭，抑或一段木质栈道，一片木质观景台。每一处细节看似随意，恰恰不显山不露水地营造出自然的氛围，让人看得顺眼，走得舒心，待得惬意。

　　屋舍周围，田塍叠叠。大片油菜花开过了，一穗穗饱满的小豆荚形状的菜籽，坠得枝干默默低垂，等待劳动者的收割。田园之上，是一片片青梅园和茶籽园，青梅、茶籽都是永泰标志性的经济作物。青梅冬末开花，漫山遍野，如披上白纱的新娘，洁白绚烂，芳香四溢，引得福州周边的游客纷至沓来，赏花看景。茶籽开花早些，在每年立冬时，花果同枝，花型硕大，白瓣黄芯在绿叶褐果间明艳动人。此时青梅果已熟，青色或青中透着微红，一粒粒一串串晶莹剔透，

▲ 力生村村部（许文华 摄）

翡翠一般可人。油茶籽也长到青梅般大小，但它的成熟期长，还要大半年才能采摘。田园芬芳，硕果慰人心。

　　程书记顺手捡起一个熟烂掉地的青梅果，唉，可惜烂了呢。她告诉我，今年青梅丰收，收购价在每担150元左右。今年价格比较稳定，令人欣喜，但远远比不上之前最好年景的价格。要是在丰年里碰上了好价格，村民们的收入就能增加，那外出赚钱的压力就能大大缓解了。程书记告诉我许多山茶油的食用保健乃至医疗功能。近几年种植面积扩大，产量增多，造成茶油价格降低，她又高兴又担忧。这个福州来的女子，真正把自己当作力生村一员了。

　　程书记告诉我，再过两个多月就要完成驻村任务，返回原单位了。她很有一种时不我待的紧迫感。虽然3年来无法顾及家事而心存内疚，但对村子全身心的投入获得了回报：村子的面貌一天天变新，村民收入一天天变多，村里未来一天天明朗，一切就都值得了。

177

绿水青山寄乡愁——
福州乡村振兴纪事

　　眼下万物竞发，田园在生长，在收获，在召唤。道路拓宽，环境改观，新建的停车场虚位待客，乡村农旅项目不断推进。近几年来，通过与镇村多方沟通、共同努力，力生村闲置农田得以顺利流转到村户头，借势盘活。凭借这里的区位优势，去年开始的"我在乡村有亩田"线下农事认领、体验活动如火如荼、初见成效，推动了今年的签约活动更早更快完成。眼前长着玉米、竹笋和多种青菜的田地，主人就是来自县城及福州市区的人。这样，当地农民可以心无旁骛出门经商、盘工，城里人也通过亲手劳动吃上了放心菜。真是一举两得，城乡共乐的举措呢！

　　农田认领体验只是"青畲公社"创意乡村空间项目的主营方向，该项目还有"青梅果园""青畲营地""青畲农舍"等部分。目前，依托"青畲公社"，力生村签约成为闽江学院大学生实践基地，引入音乐体验、文创设计、艺术手作等资源，不断丰富城乡互动，助力村财增收。

　　采访中，让程书记说了好几次"时间不够用"的项目，就是特色农庄与休闲小广场项目。这个项目意在利用和推介畲族风情，主体是一栋畲风浓郁的百年老宅，周围环绕数栋精巧土木制畲居，门前有一块数百平方米的平地。前期工作大部分已完成：在镇政府的支持下，获得屋主许可，村里征收了这栋闲置破屋，对其进行初步

▲ 力生村美景如画（许文华 摄）

改造提升。目前正改造成集餐饮、住宿、游乐为一体的农庄，门前平地将会变成一个小舞台，台下是篝火烧烤和露营基地。改造完成后，这里就成了适合团建和主题活动的场地，与周边沿溪村镇民宿形成联动效应，融入城峰镇、永泰县沿溪村精品民宿集群。此外，村里还分期分批培训村民，促进参与日常运营工作，帮助他们返村，实现就地、就近就业，有效推动了乡村资源实现价值转化。

临近采访结束，程书记告诉我，习近平总书记曾来过力生村。1993年6月11日，时任福州市委书记的习近平同志一行冒着滂沱大雨进村慰问困难群众。他勉励大家，这里虽然比较落后，但在发展，在进步，充满了希望。

为了顺利推进"青畲公社"项目，程书记和相关人员积极运筹，多方奔走，全力寻找实力运营商。她坚信不久后力生村一定会栽桐引凤，乘着时代春风，活化出新一轮的辉煌。

夕阳余晖下，程书记站在力生村牌坊下与我挥手作别。她真是一个茉莉花一般清新脱俗的女子：白衬衣，黑长裤，半长直发与肩齐，脚上一双黑色平底皮鞋。清清爽爽，朴素干练，温雅又真诚。她身后的宣传栏上，力生村吉祥物即"村庄代言人"哈小梅也微笑作别，那"山哈"和青梅果合体的绿衣裳黑裙子，是那么清新明媚。

而大樟溪畔，春风和煦，春色正好。

石牌村，我眷恋的故乡

雨 花

"五一"假期的一天，我们驱车从森林公园盘山路而上，大约20分钟光景就到了寿山乡岭头顶，而后下行右拐穿过前洋村，就进入了我的故乡石牌村。一路上山路崎岖，四周围雾茫茫的如入仙境，城市的喧嚣已被我远远地抛在脑后。

"我那拐脚的故乡／穿上裤裆后 竟然／有模有样地 走了起来／那灿灿的谷粒／摇晃的青山／一夜间 顺流而下／成了 爱的伤口＼就这么走着／汗湿的土地／逐渐 逐渐／长出了 丰收的季节。"默念这首十几年前我写故乡变化的诗作《乡恋》，勾起了我对故乡石牌村的眷恋。石牌村历史悠久，名胜古迹甚多，有林阳禅寺、高峰书院、黄榦墓、滴水岩、石牌村古厝等，最著名的当属有1500年历史之久的千年古刹林阳禅寺，它已是闻名中外的旅游胜地。悬于天王殿的金匾上的"林阳禅寺"四个大字，是赵朴初先生于1981年巡视林阳禅寺时所书。天王殿东侧的玉佛堂内供有自印尼空运回的玉质卧佛，神态安详、端庄，雕刻精美，堪称寺内一宝。第二殿金匾上"大雄宝殿"字样为清末陈宝琛题写，殿内还有弘一法师书写的"证无上法"金匾，还保存着一口清康熙五年（1666）铸造的大铁钟。林阳禅寺依山傍水，前有如明镜般一碧如洗的全国最大放生池林阳湖，湖水清澈，湖面波光粼粼；后有绵延不绝的青山环抱，山上林木葱郁，有毛竹

▲ 林阳禅寺（雨花 摄）

林、杉木林、油茶林、柑橘林（现为杜鹃林）等，尚有数十株古树，而最为出名的则是寺院东侧屹立着一株千年罗汉松，枝繁叶茂如巨伞般直逼云天，此乃镇寺之宝。据寺史记载，2003年释修达法师任住持后，开始推进寺院的修复、扩建与环境整治工作。对寺院里的一些建筑，按照修旧如旧的原则，替换了一些老旧朽腐的构件，重新上漆着彩，使其愈显清净庄严。同时，为适应信众日益增多的需要，重建了山门，新建了上客堂、素菜馆等，在2013年桂湖隧道打通后还开通了另一条福州通往林阳寺的宽阔公路，在交通上便利了不少。

刚任住持的修达法师还发愿在全寺范围内遍种梅花，并付诸行动，从庭院里到殿堂前，从寺墙外到湖水边，他与僧众一棵棵地种，一下就种了500多棵。到如今寺院内外已有超过2000株的梅花开枝散叶，日渐茁壮。到了每年的1月下旬，正是梅花开放时节，遍布寺内外的梅花相继绽放，其中大部分是红梅、粉梅，少量白梅，而黄色的蜡梅则集中在梅园旁边的观音阁院内。远望各色梅花环抱着整个寺院，在各殿阁与殿阁间隙处、在红墙黛瓦上、在檐角屋脊间争奇斗艳，探出曼妙的花容身姿，摇曳生香，可谓美不胜收。而掩映在梅花林中的林阳寺里还有个梅园，内藏有两大宝藏：一是有300年历史之久的红梅、白梅各一株，在客堂庭院相对而立，二是梅园客堂上悬挂着明朝宰相叶向高所书的楹联一副"安知住世君非佛，想是前身我亦僧"。深山有宝寺，寺内有宝藏，这可不得了。近几年来，越来越多的爱梅者纷纷前往寺院朝拜、探宝、赏梅。为此，1月份的游客简直多到被称为"全城出游各地者，半城都在林阳寺"。

遐想间，我们的车就来到了石牌村林阳寺附近一家餐饮住宿一条龙的民宿"林阳乡宿"。在苏主任的热情接待下，我了解到在冬日里林阳寺依靠着红、白梅二棵古树的名气赢得了如此壮观的旅游人气景象，堪称全国之最，林阳寺也成了名副其实的新春热门打卡点，成了石牌村乡村振兴"一村一品"的主打品牌。苏主任说："依托林阳寺旅游的兴盛，我们村很多村民都到林阳寺附近摆摊设点，售卖土鸡土鸭、竹笋、蜂蜜、柑橘、红薯等土特产，还把自家种植的蔬菜、水果拉来零售，有的还在周边摆起了小吃摊，卖鱼丸扁肉、锅边油饼、烤肠烤串等，生意都很好。村委为鼓励村民做小本生意增加村民人均年收入，都是免费为他们提供摊位，还派专人帮忙统一管理，维持秩序。"真可谓一座寺庙带活了一个村。除此外，石牌村内古厝众多，据不完全统计，保存较完好的已挂牌的古厝就有

绿水青山寄乡愁——
福州乡村振兴纪事

▲ 石牌村一角（雨花 摄）

29座，其中已审批通过省、市级古厝保护单位的就有石牌村地主宅、上苏大院、南垄1号，还有伍姓三世祖伯临公建于清康熙十三年（1674）的祖屋等。石牌村里还有玉佛园景区，因园内立有一尊从缅甸运回的玉石观音，堪称东南亚第一。石牌村还是福建省闽剧发源地，村中闽剧博物馆内就保存了从古至今的古老闽剧道具、服饰、舞台设备、各色闽剧剧本、唱词、宣传海报等，大部分还是手抄本，还有国宝《闽剧志》。进入剧场，面前是一个100多平方米的大舞台。台下是排列得整整齐齐的座椅，可容纳两三百观众，据苏主任介绍，剧场经常会为村民免费演出闽剧，特别是节假日时非常热闹。

石牌村地势平坦开阔，溪流纵横，竹海环抱，举目皆是诗意，改革开放40多年来，发展迅速。2019年，我的故乡石牌村被评为市级最美乡村。这几年村里在村委和村民的支持下也开发了不少现代旅游景点，其中就有时代设计院于2016年在此开发的共享菜园基地、民宿改建工程，开启了吃、住、玩一条龙服务。我跟随苏主任有幸认识了时代设计院的负责人杨老师，他低调内敛的性格、平和豁达的心态让我顿生敬佩，似乎和这里的山水一样自然令人亲近。

他谈到自己开办设计院的初衷是以公益为主，作为基地，给大家提供一个休闲游玩的平台。现如今他们已开发了共享菜园 10 亩，春日里可观赏油菜花遍地金黄。基地是以公社会员制推出，进行有偿租用，游客可以认养认领蔬菜瓜果，开启全托管管理模式，从种植到收成再到换种等都有专人负责。这个基地是如今乡村民营企业做得比较好的一个典范，已经被许多社会人士所认可。基地今年也开始开辟稻田，让部分蔬菜基地退返耕地，重现春日里遍地绿油油秧苗、秋日里遍地金灿灿稻谷的怀旧景象。去年杨老师还和翁老板合作，让原来的旧村部摇身一变，改建成了充满艺术气息的美术培训基地，"中国美术学院""意大利罗马美术学院"就此落成，正为国家培养特殊人才贡献力量。

时代设计院还和"石牌有田农业专业合作社"进行合作，拓展延伸了 16 亩耕地做研学路线。"石牌有田"是挂靠村部的个体企业，聂总是个 80 后的女企业家，目前它主要是为学龄前儿童和其家长提供农事体验活动，为中小学生提供农业生产劳动课程。基地四周遍植日本樱花、桃花及各色观赏花卉，只要沿着基地木栈道即可观赏到春日里花红柳绿、小桥流水、莺歌燕舞的景象，"共享菜园"和"石牌有田"也成了石牌村靓丽的风景。

为了让游客"春赏樱花之美，夏享溪水清凉，秋结枫叶深情，冬看寒梅傲霜"，2016 年村两委沿着村里纵横的溪流建起了环绕穿行在阡陌田间的休闲木栈道。我们踩踏着木栈道迎着微风徐徐前行，空气清新、溪水淙淙，溪两边桃红柳绿，真让人心旷神怡。根据苏主任所指的方向，我们还望见了这几年村里新扩建好的石牌大桥、石牌胜镜等，看到了石牌村通往林阳寺的主干道两旁那成片的樱花树、红枫树，白墙青瓦的建筑整齐地一字排开。苏主任说，村

▲ 石牌村的南垄一号民宿（雨花 摄）

委还计划在山道两边沿山形建几条石牌登山道、几处登山亭休闲区，让山道沿溪流而去，绕过林阳寺通往一处有待开发的自然生态沟涧水潭。那里的水连接九峰溪，也是清澈见底，景色不输隔壁的九峰村。这几年来随着旅游业的发展，石牌村还新开办了很多家可供休闲游乐的私人民宿山庄，如拾光留宿、榕泉山庄等，让游客们能充分感受到来石牌村如归隐田园般，可在此尽享无尽的浪漫情怀，惬意无比。

但爱湖美不思归

刘 辉

初识湖美村，缘于3年前单位组织的一次团建活动。那一次，我跟随着一群年轻人，驱车直奔福清最火的网红打卡地——位于城头镇湖美村的三分野营地宿营。一下车，扑入眼帘的是繁花似锦、绿意盎然的田园风光。群山环抱中，溪水潺流，草地上错落有致地散布着露营天幕和帐篷。时值周末，露营爱好者络绎不绝。久居城市的人们，耳边全是喧嚣的车水马龙，整天神经绷得紧紧的，哪得片刻安宁？如今"浮生偷得半日闲"，置身于大自然之中，漫随天外云卷云舒，静看众峦忽起忽落，似乎尘事间所有的郁闷和烦恼顿时都烟消云散。

活动中有一项内容是去参观"高叶家庭农场"，这是一个以多肉植物种植产业为基础、占地400多平方米的温室大棚区。棚里陈列架上摆放着众多形状各异的多肉植物，造型独特，品种丰富，连陶盆的选择搭配都可以看出经营者的独特用心。

一名同事是多肉迷，她指着那个被人群团团围住、正在耐心介绍的年轻人说，"他就是高叶，农场的负责人，大学生返乡自主创业带头人。这些多肉都是他培育的，其中有些品种堪称是精品中的精品。"

这个清瘦的年轻人，鼻梁上架着一副眼镜，依稀还残留有一丝

绿水青山寄乡愁——
福州乡村振兴纪事

文质彬彬的书卷气，皮肤略有点黝黑，显然经历过了毒辣太阳的洗礼，倒也增添了一份精干。对此，我不禁心生好奇："现在的年轻人都是争先恐后往城市去，谁还往农村跑？是有什么特别的东西吸引他吗？"

第一次的湖美村之行，在我收获了休憩后的放松后结束了。

想不到3年后，我会带着采风任务再访湖美村。对比3年前的走马观花，这次我将要对这个曾获评福清市文明村、现为"福州市级乡村振兴试点村"的小山村来一次深入探游。值得骄傲的是，湖美村不久前上榜中国乡创地图与国际慢村共建示范点。而

▲ 湖美村村道（刘辉 摄）

高叶，昔日的"多肉小王子"，如今已是湖美村村支书兼村主任。

湖美村给我们的第一个直观的印象是它的生态和环境之美。从村口的牌坊进来几百米，可见一条河横穿全村，河道上纵跨一座古老石桥，颇有一丝江南"小桥流水人家"的味道。

河道两侧建有景观步道，傍以仿木桩扶手、木栈道以及景观平台。沿着步道缓缓而行，微风轻抚下柳条慢摆，溪水潺流，清澈见底的水中可见一些鱼儿畅游。令人惊喜的是居然看到三五只白鹭在溪边湿地低头啄食，一被惊动，便振翅飞向空中，勾勒出一幅和谐的自

▲ 湖美村村口牌坊（刘辉 摄）

然画卷。漫步景观步道，平添几分休闲惬意。

　　石桥边老人活动中心前有个亭子，几位大爷大妈围坐在一起闲聊。我们过去问路并寒暄了几句。显然，大爷大妈们对我们这些外来访客已经司空见惯，一点也不拘束，大方地回应我们的问题。"你们别看现在环境这么好，多年前河道两边到处是养猪场，污水都往溪里排，蚊虫乱飞，溪水那个臭啊，熏得谁愿意在这里多待啊。""这几年村里下大力气整治，移除了养猪场，清除淤泥、修建护坡，禁止乱扔垃圾、乱排污水，建设步道和公园，才有今天的模样！"

从湖美村委会门口向东北方向，步行约 300 米就到达龙卧寺。没想到，在这三面环山的小村庄内居然藏着一座千年古刹。正所谓"曲径通幽处，禅房花木深"。

从寺内几块石碑了解到，龙卧寺始建于唐咸通五年（864），宋、元、明、清、民国四代屡次修葺，最终达到鼎盛，现为福清市重点文物保护单位。龙卧寺环境清幽宜人，景物神圣。历史上许多名人雅士曾到此游览、题咏。明代叶向高在此题写了"山盘沧海龙名寺，境入珠林石是莲"的联句。

许多人不知道的是，龙卧寺还是福清重要的红色革命基地。在抗日战争期间，龙卧寺成为闽中人民游击队根据地。1949 年 6 月，该游击队第五大队政委陈振亮率队驻扎于此，开展武装斗争。1949 年，他们配合解放军解放了福清。

近几年城头镇和湖美村通过挖掘红色资源，对闽中游击队根据地旧址进行修缮翻新，并且精心修缮了福清东区革命历史陈列馆，馆内保存了丰富的历史文献，大量的老照片、老物件，给人带来强烈感染和震撼。

顺着乡间古老的青石板小道深入村庄，一股宁静而安详的气息扑面而来，令人有时光倒置的错觉。圣王巷、花郎巷、细货巷、古树花巷……一排排错落有致的古厝老宅，依然保留着原生态的韵味，密密麻麻的瓦与不规则石块层层叠叠堆砌而成的厝墙相连，勾勒出粗糙的肌理线条，宛如一本线装的诗集，透出淡雅的意韵。暧昧的日影依附在斑驳的石头墙上，与忍不住探出头来的野梨花、风车茉莉亲密交融，化成一帘旖旎。抬头仰望，白云、黑瓦、灰墙和大地的颜色将天空衬得更加澄澈，几道袅袅升起的炊烟，仿佛是石头房子写给天空的临别赠言，书写下最后的倔强。在这里，返璞归真在

▲ 东区革命历史陈列馆（刘辉 摄）

清冷空荡中留足了让人思考与回味的空间，令人意犹未尽。

　　高书记介绍，湖美村以红色文化为特色主线，整合东区革命历史陈列馆、龙卧寺、家庭农场、古厝、三分野宿营地等资源，将相关线路打造成为集教育培训、观光休闲、亲子采摘等功能为一体的主题型红色生态旅游点，持续推动乡村文旅产业向好发展。通过开发改造古厝民居，成立文创基地、众创服务中心，为返乡青年创业者提供创业培训、咨询等服务。由村党支部牵头领办，村民以古民居入股，返乡青年负责管理，落地民宿＋剧本杀、红色＋剧本杀、乡村咖啡馆等时尚休闲项目，以网红项目带动流量，以文旅产业促进乡村发展。据不完全统计，5年间，湖美村共投入约349万元用于发展新农村建设和乡村振兴。

提到未来的展望，高书记说：湖美村恰好毗邻中印尼"两国双园"中方园区。下一步，将研究新型开发模式，吸引附近元洪投资区的企业员工来此体验山居野趣，打造成为中印尼"两国双园"的后花园。慢慢地，他不由自主地提高了音量，我分明从他的眼睛中看到了飞驰而过的亮光。

我抛出了3年前埋下的那个疑问："当年为什么选择回来？"高书记笑了，略微停顿后回答道："因为这就是我的家乡，我爱湖美村。"

这是一个很朴素，又很真诚的答案。自从2016年以来，湖美村就吸引了返乡创业人员40多人。我想这应该正是当代中国一些大学生返乡创业的动机吧。正是因为他们怀揣对家乡和家乡传统文化的热爱，希望能够运用自己所学知识和技能，带动当地经济的腾飞，并传承家乡独特的文化，让更多人了解和喜爱家乡，用青春和奋斗助力乡村振兴事业。当然，借此也实现了他们的个人理想和价值。

此时，我突然感到了一丝欣慰，不禁被他们的责任感所打动。

一天的采风时间过得很快，在恋恋不舍中，我踏上了返家的路途，在发动汽车的最后一刻，我忍不住再看一眼这个既清新又古朴，让人流连忘返的小村庄。

湖美村，我一定还会再来的。

乡路漫漫,梦归南阳

黄鹤权

朝阳初升,薄雾尚未完全散去,我便驾车穿越了长乐平原那广袤无垠的田野和平原,继而步入了一段绵延曲折、长达10公里的盘山公路。这条公路仿佛是一条巨龙蜿蜒在山间,不断地转折、回旋,每一次转弯都带来全新的视野。最后,在峰回路转之间,我终于到达了坐落在山谷底部的南阳村。

此时此刻,一幅活灵活现的山水国画在我心间缓缓展现,山与云越来越近,水与山越来越远。远处的九涧山犹似一颗未经雕琢的璞玉,石坑相连、洞穴相通,岩石形态各异,既是往昔游击英雄的潜藏要地,亦成为今日户外探险者的寻梦之所。数里之外,鲲鹏山卫其前,两山之间,云雾缭绕其间,迂回流转。

视线所及之处,矗立着一座被山水环绕、精心建造的花园式水库——江田水库,那水库就是南阳村雕凿在大地上一卷厚重的水利档案,更像是这片土地凝视时光流转的眼睛,有一眼一重天的奇效。据年近九十的阿伯讲述,他的妻子曾是村里起得最早的那个人。每日清晨第一抹曙光尚未洒满大地之时,她便已在水库边洗濯蔬菜、淘米洗衣,陪伴水库唤醒新的一天。她的勤劳与坚韧,成为彼时南阳村及周边十里八乡妇人们口口相传的楷模。

而如今,这座为长乐城区提供饮用水源的"饮用水水源一级保

绿水青山寄乡愁——
福州乡村振兴纪事

▲ 南阳村的绿水青山（黄鹤权 摄）

护区"，以其质朴而纯净的美吸引着人们的目光，它宛如世外桃源，隔绝外界，独自成"材"，木材、药材、食材……站在水库左侧的山峦顶部，俯视整个水面，顿觉其开阔如镜，亮出了蓝的天、绿的水、青的树，无不让人心旷神怡。

在这如诗如画的湖泊栖息繁衍的万物生灵，是否已然撩拨起您内心深处对自然和谐生活的热烈渴望？让我们携手并肩，沿着曲折

蜿蜒的小径进一步探寻,去揭开下一幅更为简洁且充满活力的水墨风情画卷。

靠近细观,安静祥和的南阳村早已从晨曦中醒来,一排排错落有致的新农居,就像天地间拔节而出的诗行,矗立在绿意盎然的田野之间。熟悉的小道边,晶莹的露珠在荷叶上闪烁,清风徐来,古木相依,稚鸡穿梭觅食,人过处惊起一片。不时还有小鸟们长鸣短啾,忽扬忽平,高调低韵,各成曲段,停驻于花间,宛如在这幅淡雅如水墨的画卷中挥毫泼墨,注入了最鲜活的生命律动。

漫步在南阳村的街头巷尾,还会惊讶于这个昔日的乡村如何化身为融合旅游与文化气息的景点,而村中留存的英雄赞歌更增添了浓厚的历史底蕴和神秘色彩。南阳,一度成为福建省抗日隐蔽根据地中心、南方革命重要战略地的小山村,诞生了闽中革命领导人"闽海雄杰"——陈亨源。南阳村40多户20人参加革命,9名烈士的壮烈故事铸就了不朽的"南阳魂"精神,这里是红色的热土,这里是英雄的故乡!煤油灯、忠诚的卫士雕像、《前仆后继》主题浮雕、破旧的蓑衣、生锈的电台耳机,穿越时空,让人仿佛置身于另一个年代。

当我站在南阳村中,便清楚地感知到,与时俱进的演变早已成为今日南阳村不可或缺的一部分,宛若一只羽翼丰满的美丽蝴蝶翩翩起舞。据媒体报道,近年来,南阳村以其独特的地理位置及历史积淀，着力发展了立体型山区庭院经济，建设了名优特水果、油茶等特色农业产品基地，逐步崛起为一座充盈活力的商贸枢纽。南阳村向世人宣告：赋予我一次契机，我必展现一番有"里"有"面"的蜕变。

然而，乡村振兴的道路并非坦途。午后的时光在南阳村显得格外宁静祥和，饱餐之后，我选择了在纪念碑前逗留，沉思南阳村乡村发展历程的坎坷与辉煌。正当思绪万千之际，耳边突然传来一句亲切的问候："您来了？"我转身看见的正是通过微信多次交流的村委干部陈云钦，她站在我面前，那份熟络与热情如同乡间的清风扑面而来。

在那棵枝叶婆娑的古榕树荫下，我们共享午后难得的凉爽时光。坐定之后，我们开启了一场关于南阳村现况与未来的深入对话。我能感受到南阳村正在积极应对乡村振兴道路上的挑战，不断调整优化发展模式，努力实现绿色可持续的经济发展，与当地生态环境和文化遗产相结合，绘制出一幅充满生机活力的美丽乡村新画卷。

▼ 南阳村（黄鹤权 摄）

作为一个土生土长的长乐青年，我对南阳村也有着深厚的情感。峻美山水与肥沃红壤，共同铸就南阳村的生态骨架与生命源泉。这里仿佛是一部生动鲜活的乡村历史长卷，每一寸土地、每一道风景都在默默地传承着"耕读传家"的古老智慧，激发着我心中那份浓厚的乡土情感与对乡村振兴事业的美好憧憬。

平日里，南阳的平均气温比长乐城区低5℃左右，凉风习习，格外惬意。每逢周末闲暇，我会带上家人来到南阳，享受这里的慢生活，甚至期待有机会参与这里提供的休闲居住安排，比如入住特色露营地，与来自五湖四海如重庆、成都、浙江等地的游人一同领略这方秘境中"风吹草低现牛羊"的迷人风光。

朋友李云浩曾感慨万分地对我说："每当周末，南阳就像是一个包容万象的大舞台，既能让亲子家庭尽享户外露营的乐趣，又有散发着浓浓本土风情的农家乐让我耳目一新。尤其是品尝那碗醇厚地道的南阳土鸭汤，你会发现它的美味不仅仅是味蕾的满足，更蕴含着这个村落代代相传的农耕文化积淀与尊重自然生态的生活哲学。某种程度上来说，这是我认识并喜爱长乐的一个重要因素。"

南阳村所养殖的土鸭确实堪称我的心头好，这些鸭子均采用纯天然方式在户外饲养。得益于九涧山优良的空气质量、清澈的溪流滋养，野外放养的鸭子不吃任何饲料，只吃嫩草虫子、小鱼小虾，在每群鸭子的饲养点都有一片广阔的草地，任鸭子自由觅食。土鸭的平均养殖时间都在一年左右，因此，吃起来肉质鲜嫩且不油腻，让人越吃越爱吃。

而每逢节假日，红色旅游与绿色生态的深度融合，更让南阳村成为人们追寻乡愁、品味历史、体验田园乐趣的理想之地。我经常看到阳光洒在蜿蜒流淌的小溪上，一群孩子正在戏水嬉戏，他们的

绿水青山寄乡愁——
福州乡村振兴纪事

▲ 南阳村山水美景（黄鹤权 摄）

笑声在空气中荡漾开来，那是乡村最纯真的旋律。沿着溪边的栈道前行，古老的楼阁里或农家外墙下，老人们正在悠闲地下棋、打太极拳，而另一边，年轻的妇女们则围坐在一起做着传统的刺绣手工艺，她们的手指穿梭在丝线间，传承着世代相传的技艺，也编织着属于乡村的新希望。

傍晚时刻，当我预备返程，我站在南阳村头的一处高地向下俯瞰，月光洒在静静流淌的溪水之上，星星点点的萤火虫在空中翩翩起舞，仿佛点亮了乡村未来的希望之灯。这一幕深深打动了我，我不禁拿出相机记录下这美好的瞬间。此刻，我欣喜地发现，自己神会了"问君何能尔，心远地自偏"之妙。

回想起过去的南阳村，人们常说"宁可不做新娘，也不愿嫁到南阳"。那时，进出南阳的唯一通道是一条泥土路，每逢雨季就会变得泥泞难行，给村民的生活带来了诸多不便。而如今，作为一个仅有154户、人口在600人左右的南阳村已经发生了翻天覆地的变化。道路畅通无阻，村庄整洁美观，村民们也日益富裕起来，他们正积极实践着《乡土中国》中费孝通先生提出的"美好社会，志在富民"的理想。我看到了一种理想中的乡村生活方式，那是一种基于历史积淀、生态优势和文化传承的可持续发展模式。

我更加体悟到，这里的每一寸土地、每一片绿叶、每一段往事，都在向世人传递着一个信息：青山绿水不仅仅是自然馈赠，更是寄托乡愁、承载希望的基石。而乡村振兴就是这一步步脚踏实地的前行，是那些熟悉的面孔上绽放出新生的笑颜，是千百个像南阳村这样的角落，以其坚韧不拔的生命力，编织出新时代中国农村的新篇章。

阳光不燥，微风和煦。桃源之路就近在咫尺。在未来的日子里，希望南阳村在乡村振兴的道路上越走越宽，继续演绎人与自然和谐共生的动人旋律，用它的绿水青山，滋养每一位来访者心中的乡愁与期盼。

锦绣画卷

"仙宿"胜境

林思翔

最美四月天，春色满人间。沿着林木葱茏的林荫道前行，在吸饱清新空气的愉悦中，我们不知不觉来到了连江东湖镇天竹村。

天竹村地处炉峰西麓群山环抱的山窝里，四围重峦叠嶂，满目苍翠。粉墙黛瓦的数十座二三层新楼错落有致地分布在村内，村道整洁清爽。村中间是一个广场，正中耸立着一座壮观的畲族家风家训展馆。

见我们到来，村支书放下手中活，热情地迎了上来。村支书是位年轻女性，穿着朴素，讲话实在。她自我介绍说，她叫雷兴珍，是罗源畲族姑娘，十几年前慕名来到这里，而后爱上了天竹，就在这里成了家，现在已经是两个孩子的母亲。丈夫是水电工，一家人过着幸福的小康生活。3年前，她被选上支书兼村主任。

雷书记领着我们边走边介绍起村史来。天竹村原来叫"仙宿"村。传说很早以前有位神仙来到这里，见此地竹林丰茂，清水流淌，被这里的如画风景迷住，流连忘返。此时天色已晚，仙人便在岩石上留宿。次日，人们发现岩石上留下一只脚印。因这"仙人迹"，故此地遂称"仙宿"，如今"仙迹"犹在。清初畲族同胞从外地迁移至此，肇基建村。因谐音相传，演变为"天竹"。这样算来，这"仙居之村"已有300多年历史了。天竹现在是连江县19个畲族行政村

绿水青山寄乡愁——
福州乡村振兴纪事

▲ 天竹村畲族文化广场（林思翔 摄）

之一。

　　天竹村不大，全村仅 50 多户，200 多人，但村容很美。40 多座粉墙新楼端坐山间，远看如盆景般清灵别致。村前一湾湖泊，碧波荡漾，绿树环绕，青山倒映其间，水染天色，如画一般。湖坝上架起一座廊桥，简朴典雅，桥间雅联丽句，映透出"仙气溢芳甸，宿云淡野川"的美丽意境。村道两旁是桃李枇杷和桑葚蔬菜，一片绿油油。村边是成片的桂花树，可以想象，若秋季来此，桂花盛开，

这里的天空也会充盈着香气。村头还有一棵200多年的榕树和一棵120年的朴树，两树并肩而立，绿满天际，如两位顶天立地的巨人护卫着小村的安宁，见证着村庄的嬗变。

这个美丽的村庄过去可不是这个样子。原来的天竹村，房屋破旧，污水横流，到处是猪场、鸡圈、土房，一派脏乱差。从2007年开始，村支部带领村民，开展村容整治，一边进行管线落地、厕所革命、污水处理等整治工作，脱掉"脏衣裳"；一边兴建畲风楼、凤凰寨等充满畲族风情的建筑，给村庄换上"新衣裳"。经过十多年的不断努力，天竹村跻身国家少数民族特色村寨、省级生态村、连江县十大最美村居，成为生态旅游"精品村"。如今的天竹村又引来了"仙宿"，一年四季游人不绝。

雷书记说：回顾这些年，从新农村建设，改变村容村貌；到乡村振兴，经济社会发展，一路走来，越走越好。2017年全村脱了贫，去年人均收入三万元，村财收入也达到50万元。

我们了解到，在这个过程中，天竹村经过了一番艰苦探索，终于一步一步地发展壮大。因地制宜，培育壮大优势产业是村民致富的一个重要门路，也是小村嬗变的关键。

天竹地处山窝坡地，有着独特的气候，适宜枇杷生长。"东湖早"枇杷远近闻名。虽然质量佳，名声好，但过去零星种植，没有形成规模。近几年，村里发动村民发挥优势，扩大种植。由于品质好，上市早，卖得好价，全村种植了100多亩枇杷，每户靠枇杷可收入3到5万元，多的可收入10多万元。这"一村一品"成了村民收入的主要渠道。

天竹也适合橙生长，村支部发动村民在山地上种橙，每户平均种两三百棵，年收入达2万元左右。种蔬菜也是天竹传统产业，尤其适宜种芹菜、人白菜、包菜和茄子。村民雷时文夫妇精心种植芹菜，迎来丰收，年产量达五六万斤，收入10万元，成了靠种菜致富的"芹菜大王"。

天竹是一个纯畲族村，较完整地保留了畲族的风情习俗，畲族

▲ 天竹村一角（林思翔 摄）

文化底蕴丰厚。村支部在带领群众发展产业经济的同时，努力挖掘畲族文化遗产，弘扬独特的畲族文化，让人们"看得见山，看得见水，记得住乡愁"，为乡村振兴"铸魂"。

畲民能歌善舞，每年"三月三"对歌、盘歌是畲族民间普遍流行的文娱活动项目。剪纸、刺绣、纺织花布、竹编等工艺美术，代代相传。畲族婚礼、畲族服饰、畲族糍粑、畲族绿曲酒更是独具特色。畲族同胞习武强身，畲族拳术是畲民刚健勇猛的显现。在长期与疾病的斗争中，畲族同胞还形成了独特的畲医畲药，它是祖国中医药宝库的重要组成部分。

天竹村还有着光荣的红色历史。辛亥革命时期，革命义士、东湖人吴适在天竹一带兴办"广福垦植公司"，作为反清革命和反袁世凯复辟帝制斗争的立足点与联络点，天竹村青年雷礼金等也参加，会员发展至300多人。他们中26名连江籍会员赴粤参加广州起义，其中10名成为名垂千古的黄花岗烈士。土地革命时期，在党组织领导下，天竹村成立了农协会和苏维埃政府，开展打土豪、斗地主、分田地的革命活动，革命中还出现了在反"围剿"斗争中英勇献身的革命烈士雷如水。

　　村里的家风家训展馆，用图文和实物展示了畲族风情与天竹村光荣的革命历史，不仅让村民了解历史，也让来此旅游的游客受到教育，长了见识，增进了畲汉感情，产生对革命先辈的景仰之情。村里的文化广场还经常开展畲族歌舞和畲家风情表演，弘扬畲乡文化，使文化游越来越红火。

　　村里还整合流转180亩土地，承包给福建养生宝典公司，错时种植油菜花、草莓、有机蔬菜等农作物，同步养殖土鸡、土鸭、淡水鱼等，打造生态农业多功能综合区。目前，天竹村已成为游客"农家乐"采摘体验游、油菜花观赏的打卡热点。村里还积极引导村民进行畲医药规模化种植，利用畲家工艺，制成畲家药膳，并大力推广。随着畲医药种植的不断扩大，畲医药体验也成为热门项目。3月桃花、8月桂花、夏天的百香果、冬天的蔬菜以来自大自然的色彩和风味绘就了天竹村的四季更迭，也为这个僻静畲村汇聚了人气。每年有六七万游客前来观光，各类农产品都很受欢迎。

　　村里的旅游配套设施也在不断完善。在村广场边上，我们看到一座楼台建筑风格的"畲家昌盛馆"，绿篱环绕，古色古香，那是一家洋溢着畲家风味的餐馆。店主雷昌盛师傅热情地邀我们进店喝

▲ 天竹村游客服务中心（林思翔 摄）

茶。雷师傅五十开外，个头壮实，机灵、健谈。谈起村里这几年的发展变化，他感慨良多。他说，过去村里穷，在家赚不了钱，就出去闯荡，自己在外打拼多年。看到家乡变化后，于2008年返乡创业，办起了餐馆。随着村里旅游业的发展，生意也越来越好。如今，他这个夫妻店每天营业额都在三五千元，周末游客多时，可达七八千元，年收入有十来万元。他说，这在村里只能算中等收入水平。雷书记告诉我们，天竹村旅游业的发展，还带动了民宿的创办，如今村里办起好几家民宿，既为游客提供方便，也为村民拓宽了增收门路。

在发展经济和文旅产业、提高村民收入的同时，村里还千方百计拓宽渠道，增加村财收入。

与专业公司合作，探索运营新模式。前几年，天竹村利用优美生态引进福建省乡村耕读实业有限公司，通过"打包资产"委托运营方式，把村里打造的畲家民宿、畲医药展示体验馆、茶艺培训展示馆等优质资产,以及从农户手中流转的近300亩土地,租赁给该公司进行统一开发、运营,实现将优质资产转化为村财租金和分红收入。后因合同到期合作停止,但进行了有益尝试,积累了经验,拓宽了思路。近年村里还将畲家特色的畲风楼委托天竹旅游公司经营,村里收取租金,增加村财收入。

与村民合作,双方得益。村里把集体桃园转让给村民管理,将湖泊交给村民养鱼,所得收入归村民,村里收取租金。集体、个人双赢。

"天山无俗韵,竹海有雄风"。经过多年努力,天竹村已被列入省级乡村振兴试点村,在产业振兴、人才振兴、文化振兴、生态振兴和组织振兴等方面取得明显成效。下一步他们将利用优良的生态资源和丰富的畲族文化资源,大力发展特色农业经济,挖掘和弘扬优秀传统文化。通过引进实力企业推进全域旅游综合发展模式,进一步做大做强乡村旅游产业,实现村财增收,助推乡村振兴,将天竹村打造成集生态观光、民俗文化体验、亲子游、研学等功能于一体的综合型全域游精品示范村。"我们还要联合周边的岩下古民居(耕读文化)、洋门座洋山(红色文化)、祠台果园(蔬果采摘)进行研学开发,吸引游客住宿,促进村民增收。"雷兴珍书记如是说。

香草、白云与天籁

曾建梅

一

从乌山下的光禄坊右拐入南后街，会经过一个狭小的支巷，如果你留意巷口墙上的路标，会轻轻地念出巷名：早题巷。这是一个极美的巷子，清代著名诗人黄任晚年在此居住，斋名"香草"。

乾隆说福建无宝，唯黄莘田诗书为宝，称其为八闽第一诗人。诗名满天下的黄任曾在广东四会县短暂任知县，50岁被罢官，本该是垂头丧气走上归乡之路，他却趁着酒兴在船头高挂起一面旗子，上书"饮酒赋诗，不理民事，奉旨革职"，多少有些读书人的任性与洒脱。

什么样的山水养育出这样的人格，我有些牵强地想：许是故乡白云的明月清风与山野之气在他幼小的时候就已经注入了自由不羁的灵魂。

黄任出生于永泰白云村，是一个距离福州的三坊七巷有一个半小时车程的乡村。即使今日高速通畅，仍觉得白云是在乡野，古时候走驿道，更让人觉得远离城市中心了。为什么黄氏家族会选择这么偏远的地方定居呢？据说因为黄氏先祖到姬岩祈梦，得神仙语之"白云底下是君乡"。次日早晨果然看见白云缭绕、青山环抱中，

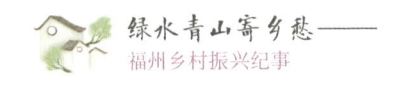

绿水青山寄乡愁——
福州乡村振兴纪事

一片盆地遗世独立,先祖当即决定迁居此地。

黄任曾祖父黄文焕为明朝进士,因为入翰林院编修,被称为太史公,风流文采,照映江南。晚年他回到故乡白云,致力于家乡的教育和姬岩的景观建设。在黄文焕的倡导下,白云乡麟峰黄氏"不辨四声尢一家"。黄任少有诗名,但是屡试不中,求取功名之心肯定是有的,但是似乎也不多。骨子里的自由精神冲淡了他仕途不佳的颓丧之气,才能转头在诗、书、砚中寻到慰藉。进与退都能自得其乐,这可能是自小生长的乡村给他的底气。

人生不是独木桥,而是旷野,另辟蹊径、各美其美,彼时可行,此时更可行。

▲ 村里修复后的铳楼(白云村供图)

212

二

距白云村"黄姓宗祠"几步之遥,是一栋建于1949年之前的铳楼,进行修缮后,迎来了另类艺术家"木木之家"的入驻。

说他们另类,最明显是他们的衣着打扮——男生Kiki瘦高,长辫短须,花毡帽,紧身绿T恤加宽松花裤;女生小昱娇小如精灵,身披花艳外套,瑜伽裤裹上花俏长裙如纱丽。这些衣服多为他们手工制作,所以独具个性。这一对年轻的恋人原本在福州城中教授非洲舞蹈和音乐,是的,非洲舞啊,一种自由随性的接近人本能的舞动。因缘际会,他们搬到白云乡下,入驻村中这座修复过的铳楼。

铳楼是一种防卫和守护的建筑。

20世纪30年代初,乡村时有土匪出没,村中林秉江先生为了玉井宗亲的人身和财产安全,变卖田产,举全家之力建造了三层格式铳楼。铳楼四周的门窗上方均安放有毛竹做的枪眼,以防匪徒破门入室。窗户全部采用漏斗式结构,既可防匪,又有利于室内采光。在三层环廊中,除东面为棂格式外,西南北三面均为密缝式,主要是为了防止土匪从以上三个方向打枪伤人。

建造者们肯定也想不到,这座用于防卫的铳楼今天会变成一座乡间音乐厅,每日流淌着节奏明快的音乐,年轻人在这里摇摆自己的身体,快乐地舞蹈。

2022年,由政府投入180多万元将废旧的恒丰楼改造成"树下云音"乡村音乐厅,引进福州木木之家西非音乐文化传播有限公司的音乐艺人入驻,不定期开展授课、演出等活动,营造主客共建共享的乡村公共文化新空间。

绿水青山寄乡愁——
福州乡村振兴纪事

▲ 村中民宿小木屋（白云村供图）

树下云音·乡间音乐厅最初的设想，是以音乐"研学+展演+器具制作+PARTY+乐器油画展示"的形式，推动"文+艺+旅+商"产业化发展模式持续壮大，助力白云乡建设成为有自身特色的音乐之乡。

两位艺术家的入驻也的确为古老的村庄带来年轻的律动。

新的木木之家保留了历史风格的窗格，望去如同自然的取景框。院子里有一片高大的枫树，院子外有大片农田，村民们会在路边晾晒各种作物，有时是果干，有时是应季蔬菜，有时是煲汤上品花式草根，有时是季节性收获的土特产：茶籽，地瓜，稻子等，这都让他们感觉回到家一般的亲切。

天气好的时候，两位年轻的舞者会在枫树下打鼓跳舞。就像他们曾经贴在工作室门上的对联一样："神兽起舞，世间鼓乐齐鸣；大圣归来，天下桃李成林。"还有学员从上海飞到这个乡野的村子学习非洲舞。可以想象，当这些外来的学员回到自己的城市，说起福州，也许说的就是就是白云乡下的民国小楼以及古老枫树下随性的鼓点和树叶婆娑。

当年黄任招摇着酒旗，从官场退隐乘着小舟回到福州，内心的失落与释然各占几分不得而知，但是今天从城市中回到白云乡间的年轻人一定是愉快的。他们心里已经没有太过严格的城乡之分，一辆小车可以令他们自由地往返于城市和乡村之间，加上白云丝毫不亚于城市的生活配套设施：快递站、小卖部、餐饮店……当然还有网络。是的，相比起几百年前的古人，他们有更多身体与灵魂上的自由。

除了教授非洲舞，Kiki还会修补各种各样的非洲乐器，如手鼓、木琴、竹笛等。来自世界各地的需要修补的乐器通过快递到达这个云上乡村，经过他神奇的妙手修补术之后再寄回给原主。从这个点上说，因为他们的存在，白云在了一个云上的音乐空间站。

三

当然，白云村不光有音乐，就像那座曾经的铳楼也不只是为了音乐而存在一样。

老一辈人更愿意向你讲述的是生活在这里的黄氏族人的光辉岁月。黄以胜是县城中医院的退休医生。还乡8年，既为照顾老家的母亲大人，也在尽一份乡贤的义务，为外来的游客讲解家乡的历史。谈到黄氏宗祠里的那些闪光的人物：黄龟年、黄定、黄公槐、黄文焕、黄国塾、黄任、黄惠、黄珙、黄图南、黄建勋、黄展云、黄琬……他总是热情满满，滔滔不绝。这里面有毕业于马尾船政，在中日黄海海战中阵亡的水师将领黄建勋，有辛亥革命元老黄展云，还有城工部烈士黄修祺及未婚妻郑澄烈士以及"感动中国十大人物"的黄展云女儿黄以雍等，深入探寻，每一位都有可歌可泣的事迹值得书写。

百年民间建筑遗存竹头寨里的那精美繁复的木雕、悬钟、雀替、

▲ 村中黄氏宗祠（白云村供图）

刻入门柱的楹联，家族奋斗的故事以及姬岩上明代文人用笔墨镌刻的集体合影……永泰的乡村保留了最为醇正的传统意蕴，但是最为关键的还是当下生活在其中的人。有一批真正爱着乡村、想要为乡村建设贡献力量的人，把乡村振兴当成人生事业在奋斗、在创造，这是最难能可贵的。

　　中午我到乡政府用餐，饭间与年轻的女副乡长聊起来，她有着十几年的基层工作经验，对于"乡村振兴"有自己的思考和理解。

她说乡村振兴不能只是一味投入基础建设，很多硬件设施是建起来了，若没有人来管理和运营，最后也是白搭。她认为最重要的是想方设法引进产业，把年轻人吸引回乡，才是长久之道。

目前白云村主要种植槟榔芋和水稻，但是这些农作物人工成本太高。山区不能像北方一样机械耕作，农民种植经常是亏本的。水稻算下来一亩产700—1000斤大米，也才1000多块钱，不如到城里打工10天。这中间的差距让农民没有办法留在乡下，要振兴乡村就要考虑如何引入产业，把年轻人吸引回来。

这些年白云村发展乡村旅游，打造了"狮子山下"生态木屋民宿以及白云古街2个示范品牌，引进专业的公司运营管理，2023年帮助寨里村实现村财增收。村里还针对不同的引进人才实行差异化考核和优惠方案，帮助各类乡村振兴人才在白云乡安身安业安心，包括前面提到的西非音乐家们。这些人有头脑、有热情，眷恋着乡村，又愿意为之付诸实践。"乡村振兴"之路虽难，但总是在一点一滴恢复生机和活力。

从白云开车返城的村道上，两岸山峰夹峙，漫山遍野的桐花开得如雪如瀑，青绿山间不时有血红杜鹃惊鸿般掠过，乡间有大美啊！我们绝大多数人都来自农村，生于其间，长于其间，长大后就要远离吗？有没有一种可能，能与哺育我们的乡村共同生长、共同蓬勃呢？要怎么延续祖辈建立起来的乡村文明？要如何让这自然的馈赠充分发挥作用，不辜负上天的美意？乡村振兴之路蜿蜒崎岖，道阻且长，堪比这远上白云之路，所幸不少人已经躬行在途。

在那神奇的东山上

陈声龙

20 世纪 30 年代，一都镇的东山村曾是闽中革命的红色热土。红土地浸染先烈热血，也磨砺了游击根据地老区人民的意志，并生生不息赓续着不朽的奋斗传奇。这是一方古老的土地，人文历史积淀深厚，耕读传家风盛；这是一个神奇的山乡，虽地处深山，资源贫瘠，但勤劳朴实的老区人，不忘初心，战天斗地，硬是在林深路隘的山区，闯出乡村振兴的一片新天地……

千年古镇一都，原隶属永泰，1958 年划归福清管辖，地处福莆永三县交界，历史上就是古驿道的重要关隘。东山村是古龙屿小村，历史的岁月在古老的驿道上遗落众多风华，古建遗址、古文物众多。东山人在历史文化挖掘、振兴及使之生动走到台前上，做足了文章。譬如东关古寨，是一都的古迹名片，始建于清乾隆元年（1736），迄今有 280 年历史。整个寨堡依山势而建，七层递升。围墙上的屋檐重重叠叠，站在十里之外，仍能眺望它的雄姿。

人们在参观东关寨时，会发现处处充斥着军事防御的特色，也不难理解主人建寨的初衷和经历了。虽说是防御性寨堡，但倡建者又植入了马头墙、彩绘等徽派建筑风格，使之变得美轮美奂。何廷孔还以"东山主人"之名在寨内留下四首诗，勉励告诫子孙后代勤于耕读、站高望远。

绿水青山寄乡愁——
福州乡村振兴纪事

时光切换到当代。2001年，东关寨被列入福建省第五批文物保护单位名录，又被列入习近平同志作序的《福州古厝》一书，东关寨与三坊七巷、上下杭、琴江村等，成为福州市、福清市的历史文化名片之一。2016年，东关寨修缮保护工程启动，总投资2000多万元，寨内住户搬迁安置，历时两年修葺一新；2019年，东山村入选中国传统村落名录；2020年，东关寨文化旅游区成功获评国家AAA级旅游风景区，这是东关寨瑰宝的荣耀，更是一都镇的荣光。从这一刻开始，一都镇领导谋划的文旅产业就紧锣密鼓地登场了。

毗邻罗汉里的东山村是少数民族畲族村，民风淳朴，古迹众多，村里有古寨、古厝、古街、古驿道、古桥、古榕等。除了东关寨这张叫得响的名片外，大招古桥和摩崖石刻也吸引了游人的眼球。

摩崖石刻为何能吸引人呢？这与北宋大文豪、唐宋八大家之一的欧阳修有关。石门坑古道边的两块石刻，分别题有"遗照台""三生石"，据传系欧阳修亲笔所书。传说1000多年前，欧阳修南下谒祖路经此地，见群峰奇秀，碧水丹山，茂林修竹，曲水流觞。时值夕阳西下，落日余晖发出奇光异彩，欧阳大师陶陶然沉醉美景之中，兴之所至，欣然在路边巨石上挥毫题字。

一都镇东山村巧妙地勾起游客的好奇心。我觉得这个传说编得精彩，既有神秘性，又有历史依据，肯定会引起游客寻根问底的兴趣。文化与旅游的无缝衔接，目的已经达到了。

▲ 东关寨（东山村供图）

    光有故事还不够，古风古韵颇为风雅，但毕竟距今太远，不接地气。一都镇、东山村的干部始终在琢磨何如把农业与文旅连接，打造出一种农文旅融合发展的模式，有别于自然山水观光。否则若只是走马观花，一阵风似的看完就走，给当地的产业经济留下的只是"寂寞"。

在一都镇几个村中，东山村的农业最有特色。一都是农业大镇，按理说，村村都是农业村，只不过山区的农业村，大多以林果、油茶和旱作为主，经济效益一般般，上不得台面。要想出奇制胜，脱颖而出，必须要另辟蹊径，不走老路。东山村大胆地利用山地气候优势，引进了台湾农民创业园项目。项目创业人庄炳耀，是台湾十大杰出农民、"葡萄大王"，他的农业创业园定位就是"种植、加工与观光体验"，很快填补了一都和东山在创意农业方面的空白。一拍即合，互补双赢，农文旅融合发展的命运齿轮就这样开始转动了，东山村也先后获得国家森林村庄等荣誉称号。

有了观光体验，接下来还有"亲子采摘""露营地"和"果树认养"活动，人气慢慢聚集。火候到了，机遇总是接踵而来，乡风古韵吸引了城里人。重大项目"雁湖国际康养旅游"也在东山村酝酿落地。

老区人并未因眼前的热闹红火所陶醉，他们前行的脚步并未放慢。借着美丽乡村和乡村振兴的东风，东山村与其他村庄一样在整理村庄，改变村容村貌。与众不同的是，他们在推进这项工作的同时，已经谋划在前，胸有成竹了。

"驿外断桥边，寂寞开无主……零落成泥碾作尘，只有香如故。"这是宋朝诗人陆游的《卜算子·咏梅》，诗人通过描写古驿、断桥和梅花，表达青春无悔的信念以及对自己爱国情操和高洁人格的自许。巧合的是，作品描写的意境，与东山大招这个古老的小村落相吻合，可谓真实再现。

大招古村就坐落于东关古寨的山脚下，这里山清水秀，风景宜人，龙屿溪两大支流在此汇聚，形成了一条清溪，恰是"望得见山，看得见水，留得住乡愁"。唐宋以来，永泰通往福州、福清的驿道，穿村而过。历史上，大招是周边的货物与人流的集散地，古有著名

▲ 东山村生机勃勃的田野（东山村供图）

的"大招店"、大招桥和大招庙等。

　　大招古桥建于清乾隆二年（1737），此为旧桥。为保护古桥，并行 50 米处，民国三年（1914）又建了一座新桥。新旧两桥，历尽沧桑，古朴盎然。站在桥上看风景，举目皆绿，溪流潺潺；桥头古榕虬枝髯须，冠盖如云。桥边的村落古戏院、碾米房、榨油坊、古庙、教堂一应俱全，置身其中仿若时空切换，穿越到远古时代……

　　初次来大招的人，一下就会喜欢上这里的亲切和自然。一次偶然的机会，一都镇领导陪省市博物院专家学者来考察，就有人当场着了迷。那个痴迷大招的专家说，他想在大招建个艺术工作室。这下，可引起了一都镇领导和东山村干部的思考。他们一合计，已经有"梧桐树"了，索性就大张旗鼓引"凤凰"来吧。有一就有二，然后有三，高端艺术人才开始往大招这个古朴小山村集聚。镇领导说，取个名号吧，就叫"唐驿大招艺术村"。村名还是著名文学家贾平凹先生

绿水青山寄乡愁——
福州乡村振兴纪事

▲ 东山村举办畲乡民俗文化节（东山村供图）

实地到访大招时题写的。

　　农文旅的"第二次握手"，在于打造"农业＋文化＋旅游"的2.0升级版。东山的脐橙、油茶很有名，枇杷可与善山"枇杷村"媲美。特别是作为国家级重点科技研发课题的项目实践地，主打"枇杷白肉"新品种，品质上乘，果味优于黄肉枇杷。但是，新品种知名度不高，而且不巧的是，它的横空出世恰逢疫情肆虐之时，可谓"命运多舛"。2020年4月，在镇里的组织下，东山村联合了抖音、淘宝、腾讯直播等电商平台，举办了"一都枇杷走四方，这口枇杷很上头"的线上枇杷节，把东山农文旅融合产业推上互联网营销的快车道。

　　线上卖得火，线下也热闹。疫情放开后，一都的"网红经济"更红火，深加工的"枇杷膏""枇杷酒"更获游客青睐，作为旅游伴手礼走红省内外。

　　正如一都古老民俗"盘诗"中的山歌对唱所说，老区人民踌躇满志，向往开拓美好的未来："闲世文章万选钱，明时平步八花砖；大开紫府瑶池宴，正是橙黄橘绿天。"

  要安居必须先乐业。橙色东山，文旅振兴，产业开道，就像秋天金黄的稻田和麦浪一样，成熟、收获，渲染着丰收的意韵，在深山里奏响了一曲乡村振兴的进行曲！

屏嶂铺霞三溪锦

黄河清

阳春三月，我走进了长乐江田镇三溪村，村庄位于屏山脚下，是吴航十二景之一"屏嶂铺霞"的所在地，靠山临海，溪流纵横。三溪也叫鼎溪，上游叫潼溪，下游分为北、南两溪，北溪又名祠堂溪，南溪又名街当溪，村名也因三溪汇聚而得名。

"门前三溪水，不改唐时波。"一进村，你就会不自觉地被那清澈的溪水所吸引。南溪穿村而过，流水淙淙，不急不缓地行吟着闲适的乡村小调。一座座房屋夹溪而筑，溪畔的小街巷蜿蜒曲折，四通八达。全村总面积达 8 平方公里，耕地面积 1562 亩，山地面积 16000 多亩，总人口 8367 人。三溪自古就是鱼米之乡，商贸繁华。据《长乐县志》记载，唐朝初期即有乡人在三溪居住，廖、董二姓是当时的主要居民。唐中期迁入了陈姓和潘姓。如今，共有十八姓人家在这里和谐相处。三溪村是福建省首批历史文化名村。

近年来，三溪村党委深入实施振兴乡村战略，按照"产业兴旺、生态宜居、乡风文明、治理有效、生活富裕"等要求，持续提升群众幸福感、获得感。"知之愈明，则行之愈笃！""产业振兴"是解决农村一切问题的前提。只有产业兴旺了，农民才能有好的就业、高的收入，农村才有生机和活力，乡村振兴才有强大的物质基础。三溪村以打造"三溪历史文化名村"为目标，做好三溪村传统历史

▲ 三溪村一角（黄河清 摄）

风貌保护，提升文化品质，围绕夜渡龙舟、进士文化、石头文化、朱熹讲学、农业观光、传统技艺展示、旅游服务业、传统美食、商业古街等产业，打造有特色文化底蕴的街区，促进三溪村村庄旅游经济的发展。村支部潘书记告诉我，三溪村与长乐区兴培农业专业合作社共同投资20万元，建立了100多亩的特色蔬菜种植园，种植流心包菜和莴笋等，供不应求。还成立了农产品贸易有限公司，吸引村民集资入股，租用三溪村内闲置店铺进行改造，打造江田农产品及土特产品的集中销售点。这些都彰显了地域特色、体现乡村气息、承载乡村价值，让农业经营有效益，真正成为有奔头、有前途的产业。

"人才振兴"是乡村振兴的重要保障。潘书记带我来到首桥边的"龙潭"，沿山间石阶拾级而上，行不远便可看见一座木墙红瓦的阁楼掩映在茂密的古樟树丛中，这就是"紫阳阁"，俗称朱子祠。阁楼始建于南宋淳熙元年（1174），曾是朱熹的讲学之所。当时的长乐籍进士张一渔与朱熹交情匪浅，力邀朱熹来此授课。三溪的山水景致之胜，好学知礼之风，令朱熹深深沉醉，并题下了"溪山第一""鸢飞鱼跃"的手迹，至今"鸢飞鱼跃"四字仍刻在三溪村的石壁上。据说朱熹先后在此讲学十六载，造就了历史上三溪钟灵毓秀，人才辈出，一共出了近百名进士、100多名举人。其中，两宋200多年中，三溪村潘氏家族共有59人考中进士，四代出现了5个御史中丞，"四世五中丞"在中国历史上独树一帜。佳话传颂至今，激励着一代代三溪学子勤勉好学、奋发向上。如今，村里有从幼儿园到初中的完整教育体系，每年有近千人考上大中专院校，不少人还进入了名牌大学。村两委班子平均年龄42岁，中专高中及以上学历达百分百，还面向社会公开招募大学生，作为村级后备干部力量。村两委搭建起乡村优秀年轻人学习锻炼的平台，不断拓宽村级后备干部吸收引进渠道，为村干部注入新血液，有效提升村级工作的整体水平。潘书记指着阁旁岩石中的一丛竹子说，相传朱熹居住在紫阳阁时常练书法，并将余墨泼在阁旁的竹上，日子久了竹子遂成墨色，这是三溪人"有点墨水"的源。

"文化振兴"是乡村振兴的灵魂。村庄是人类生存的图腾，是人生的原点，就像缠绕在大地胸前的珍珠项链，被季节一次次摊晒；恰似珍藏在记忆深处的水墨长卷，被

▲ 三溪村古桥（黄河清 摄）

岁月的手掌无数次描摹；犹如刻在灵魂深处的经书，被虔诚的亲情反复翻阅与咀嚼……心有千结，情有万缕。村庄里的每一缕风，每一朵云，每间房屋，每棵庄稼，每束花草，每群牛羊，每缕炊烟，每段恩怨，无不蕴含淡然而永恒的乡愁。很少有一个村子像三溪村这样，山水人文千百年来长盛不衰。村中存留宋代的御史大夫第；

229

屏山和柏山现存古代摩崖题刻33处，为研究宋代篆书风格和长乐的历史地理变迁提供了珍贵资料；横跨溪流上的5座古石桥，最有名的当属大桥和首桥。大桥跨北溪，始建于唐代。首桥跨南溪，位于南溪与北溪交汇处，始建于宋代。葳郁的千年古榕之下，两只威严的石狮静静守护在桥头，8块明清时期留下的修桥功德碑立于桥边，一个个名字，勾勒出数百年前乡民的印记，一段段文字，讲述着光阴的故事。三溪还孕育了独特的夜赛龙舟、游神、烧塔、崇儒尊孔祭师等传统习俗。

夜赛龙舟是三溪民俗文化传统的积淀，"自古龙舟日竞渡，独有三溪夜赛航"，村中先贤勤劳智慧，惜时如金，品味高雅，使得龙舟夜渡别出心裁。端午时节，人们日间外出劳作，谋取生计，夜幕降临，华灯初上，邻人相邀，竞渡龙舟，各显身手。船来舟往中，加油声，欢呼声，喝彩声，此起彼伏，夜晚的三溪顿时变成了欢乐的海洋。夜渡龙舟成为三溪传承百年独有的乡土风情，成为那些三溪出生的海内外华人华侨难以忘怀的乡愁。

现在，新兴技术赋予了夜赛龙舟这项传统风俗新的生命力，利用新兴媒体，积极探索网络宣传，邀请央视、福建电视台、福州电视台等媒体来拍摄活动。2023年端午开展"龙头所向是家乡"——福建长乐三溪夜赛龙舟全球特别直播，全网观看量超656万次，点赞、评论、转发、社群互动量超21.6万次。直播还针对国内外观众阅读习惯差异，同时进行全国超30家新媒体平台同步呈现。热情好客的三溪村民也在直播间欢迎世界各地网友来做客，一同感受夜赛龙舟的氛围。

在保护民俗的同时，三溪的景观也得到提升。去年底投入100多万元沿溪建设夜景灯光工程，今年1月中旬工程首期竣工，多彩灯光扮靓了三溪夜色。此外，20世纪50年代修建的三溪旧礼堂修

▲ 三溪村干净整洁的村道（黄河清 摄）

葺后焕然一新，时常上演闽剧、放电影，丰富了村民的文化娱乐生活。村里还建成了牌坊式的复兴门，增添文化旅游景观，打造抗日街红色文化旅游基地。另外，村里将成立专门的理事会，动员村民对全村100多座古建筑进行保护，整合资源，打造特色民宿。

　　沿着溪岸和溪心公园漫步，溪水在草地与花的边界缠绵绕过，满目的花静静地释放着浅浅淡淡的香。在一丛丛的杜鹃花中，可以看到花开的各种姿态，它们有的含苞待放，白粉相间的花苞鲜润可人；有的刚刚绽放，几只小蜜蜂就迫不及待地钻了进去。月季在枝头怒放，有红的、粉的、黄的、紫的，五颜六色；或温柔、或明媚、或清新，渲染得连空气都是甜甜的。"桃花嫣然出篱笑，似开未开最有情。"一棵又一棵的桃树上，一簇簇桃花似一群群蝴蝶停落在枝头。一阵微风吹过，花瓣纷纷扬扬地落下，姿态是那么柔美舒展。

花瓣飘落在溪中，随着溪水缓缓漂荡；洒落在青石上，染上了点点艳红；还有的飞扬在柳枝间，绘出了一幅"桃花欲共杨花雨"的意境图。

不远处一户农家小院吸引了我的目光，墙面上挂满了爬山虎，院门上挂着一块"美丽庭院"的扇形木牌。走进院子，一股淳朴秀美的原乡风扑面而来，真有"高楼非吾归，田园始为家"之感。整个院落散发出大自然的气息，各种各样的花草树木让人仿佛置身于山林之间，享受着一片盎然绿意。

站在屏山顶，看青山绰绰，眺帆影点点，摘云雾缕缕，听鸟鸣啾啾，闻花香徐徐，数农舍幢幢，观炊烟袅袅。山环水绕，相互映衬。更有男女老少欢歌笑语，满眼尽是诗情画意的田园美景，恍若误入桃园盛景。潘书记比画着山下的村庄，仿佛是在描绘一幅画作，他动情地说，未来三溪村的溪将更美、水更清、树更绿，村庄更加整洁、宜居。

"列嶂如屏挂望中，流霞晚罩气态态；斑斓五色迷苍洞，盘郁千层拥碧穹。散绮遥连江练净，腾辉斜接日华红；溪山不数吴航胜，第一曾闻品晦翁。"这是清代邑令贺世骏赞美三溪的诗句。斗转星移，沧海桑田，如今的三溪人，正以勤劳和智慧，传承着祖先的文化积淀，留住乡愁，追逐诗和远方，描画着更加美好的家园。

行走在山水间的那一抹乡愁

蔡立敏

"惟有门前镜湖水,春风不改旧时波。"当我在南岭镇大山村入口处,心中竟无端地吟诵着贺知章的这两句诗。

登上建设中的"见山营地"的顶楼,远处,初夏的大姆山已是翠色醉人。蓝天白云下,浅豆绿、橄榄绿、茶绿、葱绿……各种层次的绿,在大地的调色盘上恣意挥洒,绸缎般尽情铺展,由近及远、自西向东绵延十几座山头,直至天边而意犹未尽。

近处的山脚下,梯田层层叠叠,偶尔有不同颜色在绿色的波浪上跳跃,那是埋头劳作的农人直起身子歇息吧。三三两两结伴飞翔的白鹭,如同绿涛上翻卷的点点白浪,使这一片青绿,瞬间充满了灵动之感。青绿之色,这是生命的底色,也是这幅山水长卷、乡愁长卷的底色。

海拔633米、拥有6500亩的天然草场的大姆山,是大山村的一张靓丽的名片,被誉为家门口的"呼伦贝尔"。青绿打底,四季各具情态,招引着一拨拨寻访的脚步纷至沓来。几年前,我带领台湾客人前来游览,后来曾经写下一组诗《在大姆山》,抄录其中一节,跨越乡愁那一湾浅浅的海峡——

青绿之间,我们围坐成一个圆/谈论眼前的绿色,谈论教

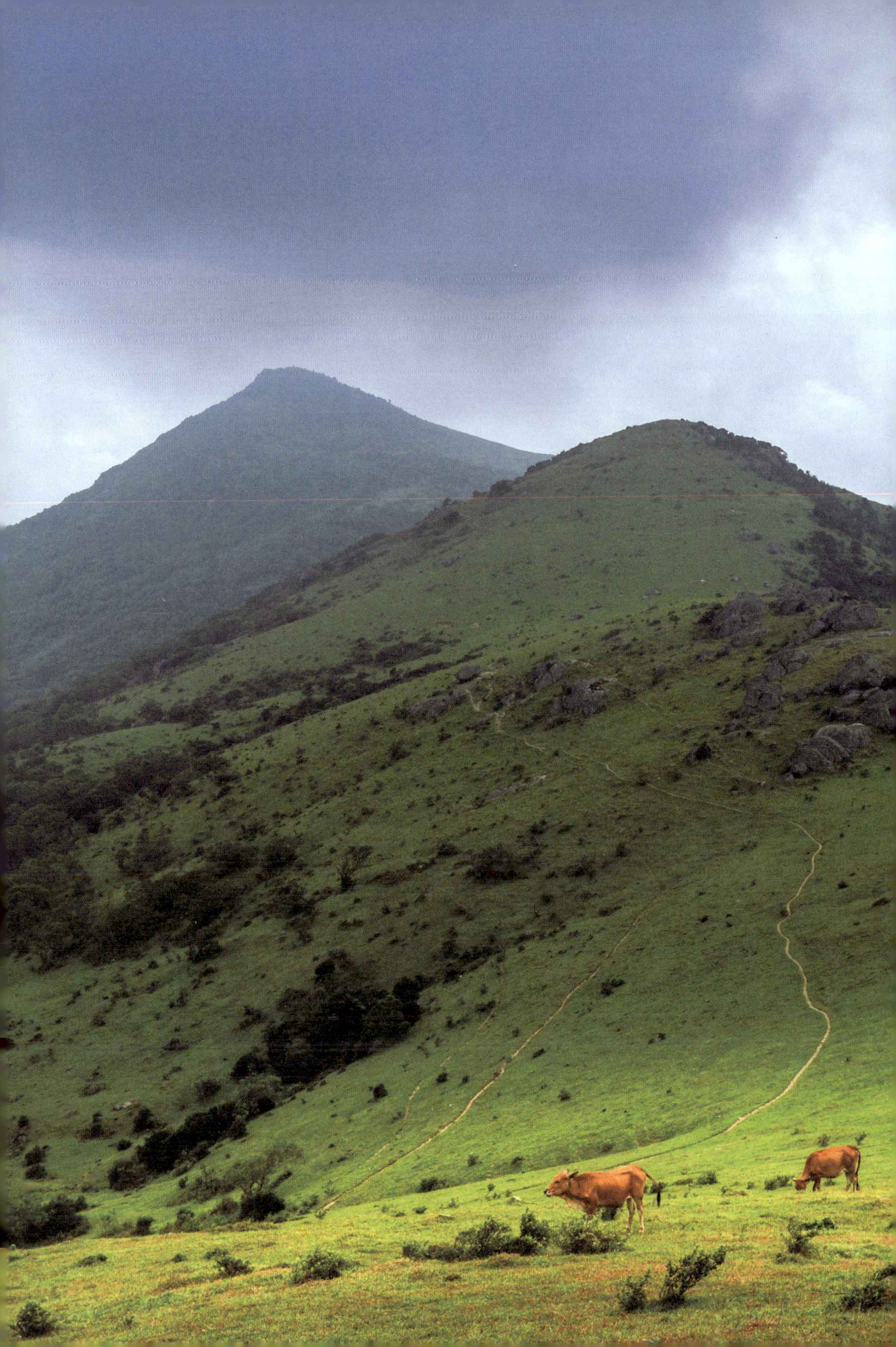

▼ 大姆山草场（大山村供图）

育与生命的意义／大姆山以温润如玉的纯净，试图擦亮／日月潭，那一汪被禁锢的泪水

　　阳光正好，一道彩虹升起／大姆山与日月潭之间／蓬勃、向上主题，跨越了时空／山水之气交融……

　　"建山营地"是福清市文投集团与南岭镇合作的新项目。在两个大水塘边，几栋两层高的仿古木质小别墅临水而建；在曲曲折折的鹅卵石小径旁，点缀着三三两两的帐篷，如点点白帆；餐饮、烧烤、茶歇、戏水等功能区已初具规模。从顶楼下到地面，"咕咕、咕咕……"忽然响起蛙声，突兀地敲打着我们的耳膜，使人仿佛一下子回到了童年时代。

　　村支书高书记说，他和很多大山儿女一样，从大山走出，在灯红酒绿的世界打拼了几十年，阅尽沧桑与繁华之后发现，内心深处放不下的依然是这一片土地。对出生地、出发地的深深眷念，也许是一种从幼年起便根植于内心深处的情愫，虽然曾经淹没于奔波劳碌和嘈杂喧嚣之中，但从未离去，如今已然衍生成剪不断理还乱的乡愁了。

　　谈起特色古民居"时光慢屋"，高书记自豪之情溢于言表。几年前，在他牵头下，政府与乡贤共襄盛举，集资300多万元，对这片30多座清代至民国的古厝进行保护修缮。通过高书记的介绍，我细细打量这群古厝，不难发现，这些古厝的修葺与改造，最大限度地保留了古厝原始的风貌。修葺与改造过程，就是尊崇自然、顺应自然、展示自然的过程，古厝与青山、绿树、溪流等自然景观融为一体。在粗犷拙朴、饱经风霜的肌理里，岁月的风风雨雨触手可及，古厝有着现代精致的建筑物所难以抵达的原初生命张力。碎石小径

曲折婉转、大小院落错落有致，在大山的怀抱中重新焕发生机，展现出一幅人与自然相携相生、相融相长的和谐画卷。

我不知道大山村淳朴的高书记和他的乡亲们当初提议修复这些古厝时，有否思考过这些古厝所承载的当代意义。当我的指尖触摸到这些年代久远、爬满沧桑的古器物时，如见故人，我们的父辈以及父辈的父辈，他们栉风沐雨、筚路蓝缕的倔强身影，不期然地穿越时空隧道，鲜活地向我走来……我从而读懂了这些凝固着先人情怀的艺术品所折射的现实意义：一方面是找寻乡音、乡情、乡愁的精神载体，寄托着当代人阅尽繁华后对平淡的渴望，这是一种更高的生活理想与精神追求；一方面这些古厝提供了一个场所，使精神、

▼ 时光慢厝游客服务中心（大山村供图）

绿水青山寄乡愁——
福州乡村振兴纪事

▲ 食菜厝（大山村供图）

心理层面的回归有了实实在在的物质载体。游子归来，只需在此停留短暂的一两天时间，便足以给他们的身心一定程度的慰藉。从原点出发，再返回原点，这就是生命努力趋于圆满的一条必由之路吧。

建于清嘉庆年间，拥有200多年历史的食菜厝，是大山村的又一张名片。食菜厝由13座古厝组成，大小房间77间，布局别具一格，规模宏大，保存完整，是福清少见的寨堡式民居，2014年入选第三批中国传统村落名录。食菜厝重修工程于2019年启动，历时两年完成。如今，修葺一新的食菜厝成了"建设美丽乡村，留住美丽乡愁"的生动写照。与食菜厝相关的"要想富、换肠肚"故事、"心型池"与"雌雄榕"的传说，无不以艺术的形式，将食菜厝以及陈氏后人和大山人世代坚守的家风祖训、家国情怀以及对美好爱情、幸福生活的追求，融进这一片山水之中。

把"乡贤馆"设在食菜厝，实在是南岭人独具匠心的艺术之举。

在古代，杨氏先人初心如雪、立身树德；大山学社名重一时，一门八进士，三代清廉、八士皆贤的品学高德，便是先人留给我们的精神财富。在近代，食菜厝是当年闽中游击队的驻扎地，大山人像石头一样坚贞不屈，追随中国共产党，建设红色根据地，为发展壮大革命武装，为国家解放、民族独立和人民幸福，做出了巨大的牺牲和贡献。在当代，从众多乡贤的感人事迹中，我们更深切感受到即便走得再远，大山儿女依然心系故乡，记得村口的那棵老榕树，记得村中一幢幢斑驳的石头厝，"乡愁"永远是一根无形的精神血脉，把家乡与游子的心紧紧相连在一起。

初夏的太阳已到中天，热力四射。

日溪脐橙香

朱慧彬

出福州国家森林公园经新霍线（晋安新店至罗源霍口）公路向北，步入北岭（北峰）古驿道。这条闽都子弟进京赶考的必经之路，曾是学子求取功名改变命运的"状元道"，而今已是人们焕然一新的致富之路。再往北进入"两县一区（连江、罗源与晋安）"交界的"金三角"地带，那里是"中华瑰宝"寿山石的故乡。不仅石美竹秀，更有层峦叠翠，幽谷密林，灵泉飞瀑，蓝天碧湖，被称为"福州后花园"。而省级生态村"日溪村"便静卧在这片风景里。

还未入村，耳畔便传来溪流声，很轻很柔很缓。来自西北方的桃源溪与西南方的华林溪翻山越岭数十里，在这里舒展身姿。它们的相遇，或许只为确认姊妹般的血脉亲情。它们是北湖的儿女，双向奔赴，共同把日溪村温柔地抱在怀里。

清晨，走在日溪街道上，明静清澈的双溪撩动得苍苍白雾渐渐散去。平整宽阔的水泥路干净整洁，人车路井然有序。两侧三四层高的牌楼、商铺一字排开，白墙灰瓦、高低屋檐、镶木窗棂、浮雕装饰，古风古意的建筑亦畲亦汉，颇有几分畲汉一家的民族风味。屋檐下高高挂起的大红灯笼，代表了日溪海纳百川，游人往来，抬头见喜，如沐春风。

西街左侧悬着福州北峰供销社日溪分社的招牌。几家加盟超市

▲ 薄雾笼罩下的日溪脐橙种植基地（日溪村供图）

里商品琳琅满目，农用肥料、农用器具一应俱全。右侧旅店、农家乐、餐饮店相连，一家特色小吃店香气袭人。走近看，早点相当丰富。有用芋头泥拌猪油、香料、芝麻做成的八宝芋泥，也有用乌稔树叶去渣留汁与糯米做的畲乡乌米饭，还有烤炉酥饼、糍粑、菅粽等。一些游客与当地人坐在一起，吃着聊着。

　　游客问得最多的是"生态游"，原住民说得最多的是"乡村振兴"与"日溪脐橙"。

　　日溪村是由4个自然村组成的少数民族村、革命老区基点村，也是一个移民村。全村土地面积19850亩，其中脐橙种植面积达1200多亩，人口923人，其中畲族人口285人……日溪村党支部书记黄邦贤对这些数据了然于胸。他留着小平头，说话干脆，待人热情。听说有客到访，水胶鞋都来不及换，便风尘仆仆地赶来。他与兄弟都是早期库区迁来的移民户，村部与家似乎都是他的工作室，在五一劳动节也没有闲着。

"派来的专家针对日溪村常年晨雾多、光照足、昼夜温差大的特点，结合土壤厚度、酸碱度，在2000年为日溪村推荐引进了美国纽贺52号脐橙苗。脐橙苗成活率高，结出的脐橙皮薄肉嫩、汁水饱满、清甜无渣。年底一上市便成为福州居民喜爱的年货。可种好脐橙并没那么简单——落叶、黄化、病害、肥害、虫害会接踵而至。特别是'黄龙病'，那可是致命的病。尽管如此，村里还是倡议村民种良心橙、健康橙，不打甜蜜素，科学施肥用药，坚持打造无公害环保品牌。前两年，日溪脐橙送到城里一斤能卖到四五元呢。"提起日溪脐橙，村支书黄邦贤、支委刘昌海津津乐道。

日溪街西与日溪村委会相连，组成小写的"人"字；东头与乡政府、乡党委会相连，又组成一个大写的"人"字；加上桃源溪与华林溪用曼妙舞姿书写的更大的"人"字，仿佛都在言说"众"志成城、不负"众"望、"众"口铄金的乡村振兴故事。

春夏之交的日溪村，雨后初晴。漫步在四角佛桥至桃源桥的滨水游步道上，新修的防护栏、路灯柱、观景台总让你误以为置身都市的某处公园。溪边的野花正在春阳下静静开放，山坡上的脐橙正在结果。

从溪水起身的风和着竹笋香、竹叶香、橙叶香把游客往2公里外的"百年蓝府"方向带。"百年蓝府"有着200多年历史。"歇山式"工艺手法建造的土木建筑群坐北朝南，牌坊相接，回廊相连，百年不朽，屹立在开阔的北湖湖畔。修缮后的蓝府藏有畲医、畲药、畲银、畲服、畲拳及"蓝氏家训"等众多文物，吸引着游客的到访。

"百年蓝府"也是日溪村二组畲族少数民族聚居地。虽然早过了"结庐山谷，诛茅为瓦，编竹为篱，伐荻为户牖"的年代，但畲族淳朴的民风在蓝厝里仍能窥见一二。层木结构的房子，走马式栏杆式的阁楼，敞开的大门，开放的厅堂都好似畲族人敞亮的心胸、敦厚的个性。畲居前庭后院，种果种竹；村前村后，松枫、苦槠、青栗相伴左右。应了"村口有树能挡风，屋后种树能蓄水"的畲族风俗。

在村尾的一侧，一条300多米长的水泥道蜿蜒而上，在山腰画了一道优美的弧线，将半山畲族传统民宿同山脚现代楼墅群完美地镶嵌在一起。山上是松林竹海掩映下的脐橙园，山下是北湖环绕的亭台水榭，颇有几分《富春山居图》的意味。

与"百年蓝府"毗邻的畲族文化广场对闽台畲民来说有着特殊的意义。穿艳丽的凤凰装，讲有趣的畲族话只是预热。一场"迎祖""祭祖""对歌""迎亲""入宅"的传统仪式表演，一场以"押加""操石磉""板鞋竞速""龙接凤"为内容的"三月三"畲族运动会，一顿畲族乌饭宴，一次畲族竹制品展、绘画展，以及以歌代言、以歌叙事、以歌传情、以歌表志的畲歌畲舞，都会成为民众对美丽日溪难忘的记忆。

途经北湖湖畔广场，几拨从福州下来的游客正在安营扎寨。他们支起小帐篷，摆好小马扎，自带食物、水源与垃圾袋，享受着露营的惬意时光。

一位退休老干部自称摄影"发烧友"，他给后到的游客分享了他用无人机拍摄的日溪村。但见镜头下的北湖碧波万顷，两岸青山如黛，布谷声声，有鸽子在湖面飞翔，一两只竹筏打捞着万千春色。随着镜头越拉越高，北湖化作一条腾飞的巨龙。

绿水青山寄乡愁——
福州乡村振兴纪事

一位老游客感慨地说："过去来时，这里还是一汪浅浅的溪，溪边杂草丛生、沙石成堆，滩涂成片，连钓鱼的人们都不愿意来。"

回到日溪街道，从东头一户人家飘出春茶香，原来刚从福

▲ 日溪脐橙喜迎丰收（日溪村供图）

州回来过五一节的何先生与一位从皇帝洞归来的游客正在啜茗谈心。三句话不到，他们便提起"日溪脐橙"。

"'日溪脐橙'有过'日溪山仔橙'的品名，日溪村曾以此为商标与永辉超市建立合作关系。永辉公司派下来的工作人员上门采购，用套圈的方法筛选优良脐橙。结果日溪脐橙直径达7-9厘米，几乎全为优品。我们村过去猪倌多，现在脐橙专家多、植物医生多。他们在栽培环境、种苗繁育、整枝修剪、肥水管理、病虫害防治等方面都很在行。以前，我们种橘子，皮厚味酸，不好吃，也没人要，一斤卖不到3角，是脐橙救了我们村。

"脐橙树寿命约30年，壮年期八九年。三四月开花，11月成熟。早期大户种树五六百棵，每棵产脐橙80到100斤。如果一斤按3元钱算，一户年产值近20万元。去掉60%的成本，纯利也有大几万元，收入一点也不输名气更大的'赣南脐橙'。这两年首批纯种脐橙树进入老龄化，产值下降，补充的新苗还未得力，日溪党校组织开通电商直播间，直播卖'日溪脐橙'，让'日溪脐橙'这一老品牌再

244

度热起来。"

"脐橙进房，橙香满堂。"5月，还不到脐橙成熟季节。弯弯的山道上，三三两两的骑行情侣与山地徒步族打着小红旗，身着运动衣，早早开启了日溪拉练之旅。他们相互推背助力，拥抱鼓励，大口大口地呼吸着日溪负氧离子充足的空气。偶尔遇到城里来写生的艺校学生，便会歇脚搭讪，看看学子们画板上描绘的今日日溪、美丽日溪。

学子们的画中有北峰、北湖，北湖边的蓝厝里；有守护北湖的油桐花，也有湖边、溪边成片成片的脐橙树，开着一簇一簇的小白花。而最醉人的便是压满枝头的脐橙果——红彤彤的，微风过，香十里。

悠悠古寨话降虎

缪淑秀

走进榕北村落，重温烽火岁月的红色记忆；探寻古寨驿道，聆听历经千年的古老故事；漫步山间小径，感受绿盈乡野的生态之美……这就是降虎村，一个位于福州市晋安区宦溪镇的小村落。

一

降虎村，因降虎寨而得名，下辖 2 个村民小组 64 户、200 多人。降虎寨，又名云漈关，地处降虎岭隘口。宋代梁克家《三山志》载："尝有猛虎为猎矢所伤，至独觉庵前，若有所诉。独觉为拔其箭，捫摩良久。去数日，疮愈复来。由此出入常相随。"因此得名"降虎"。

降虎寨地势险要，自古是福州北面的重要门户，也是兵家必争之地。明王应山《闽都记》载："降虎岭有寨，置戍。"明嘉靖年间，戚继光曾率兵破寨，消灭盘踞寨中的倭寇。现存两寨门及部分寨墙。面向连江的前寨门气势雄伟，古朴壮观。寨门系方石砌造，拱形，后寨门为石构，前后寨门相距近百米。

一条北通连江、南下福州的古道穿寨而过。此道即为宋嘉祐三年（1058）怀安知县樊纪募资所建，是福州北驿道福温路的重要遗存。

▲ 古道（降虎村提供）

宋时，福温路出井楼门，至连江界，共设置5个驿铺。明万历《福州府志》载："北路由井楼门达连江、罗源、福宁，铺凡五：来宜铺、北岭铺、宦溪铺、板桥铺、任溪铺。"其中任溪铺即在降虎。故降虎寨建于明代或明代之前，也有传是明嘉靖年间戚继光入闽时，为剿灭倭寇而建。清代郑祖庚《侯官县乡土志》载："降虎，有戚恭将古寨在焉，亦有市镇客寓。"

降虎历史悠久，古迹众多。在降虎岭与汤岭之间的杜溪上有一座始建于宋绍熙二年（1191）的杜溪桥。杜溪桥为东西走向，石构平梁桥，一墩二孔，桥面由7条石梁铺成。杜溪桥俗称分水桥、风水桥、洪水桥，也是旧时侯官县与连江县的分界。今桥边仍存界碑，又有仪制令碑文镌于其上曰："贱避贵、少避老、轻避重、去避来……"二者同镌一面，字体大小不一，相互交错，十分少见。

从内容看，仪制令碑当是宋代所立，是福州地区现存最早的仪制令碑，界碑则是清代所立。1995年，杜溪桥被公布为第三批区级文物保护单位。

在杜溪桥旁，一块岩石上有一处降虎摩崖题刻，为明嘉靖九年（1530）勒成，部分文字漫漶不清。其中写道："夜度汤山风雨浓，手提三尺搅群凶。"

降虎地处福州通往连罗、宁德、浙江温州的重要隘口，为倭寇袭扰福州的必经之地。鉴于戚继光受命入闽剿倭的时间为明嘉靖四十一年（1562），这段题刻当是记述戚继光驻军降虎之前，郡人在此同倭寇斗争的故事，是福州人民保家卫国、抵御外辱的珍贵史迹，具有很高的历史文物价值。

位于降虎寨前小溪上的降虎桥始建于宋绍兴四年（1134），也是福温路的重要遗存。桥为东西走向，是石构单孔平梁建筑。1986年，降虎寨被晋安区公布为第一批区级文物保护单位，降虎桥为其附属文物，2013年被公布为不可移动文物点。

二

1934年夏，由寻淮洲、乐少华、粟裕等率领的红七军团三个师6000多人组成的中国工农红军北上抗日先遣队从瑞金出发，挺进闽、浙、皖、赣四省国民党统治区，宣传共产党的抗日主张，推动抗日运动的发展，在国民党心腹地区发展游击战争，建立苏维埃政权和革命根据地，进而配合中央主力红军即将进行的战略转移。

根据中共中央"相机并胁取福州"的指示，先遣队度过闽江后继续向福州进发。

由于北上抗日先遣队自出征以来一路胜仗，国民党当时摸不清红军的实力，因此惶恐不安，福州警备司令部宣布全城戒严。同时，蒋介石亲自部署，调回2个团、4艘浅水军舰、8架飞机支援国民党福建当局。

由于先遣队高举的是"北上抗日"旗帜，引起日本方面的恐慌，不仅派"球磨"号巡洋舰载800名海军陆战队员进驻马江，其间，英、美、法等国军舰也借口先后驶进马江，试图共同"围剿"红军。

▲ 降虎村航拍图（降虎村提供）

　　8月7日，先遣队到达福州北郊，天黑后向福州发起进攻。8日下午，援敌522团、517团赶到福州，守敌防务更加充实。8日夜里，先遣队采用新的进军路线向北门进攻，曾一度进抵北门楼下，但攻城未能成功。8月9日凌晨，先遣队向宦溪、桃源方向转移，敌军紧跟其后"围剿"。

　　转移过程中，敌我双方在降虎遭遇了北上抗日先遣队出发后最大规模的一场战斗。这场战斗由10日10时30分持续到11日凌晨，红军战士顶着枪林弹雨，持续向守敌发起进攻，曾以刺刀肉搏长达半小时。

　　根据降虎村老人回忆，那一日飞机的轰炸声没有停过。由于双方人员、军备实力悬殊，8月11日凌晨，红军北上抗日先遣队决定全部撤出战场，向连江、罗源转移。在这场战斗中，红军伤亡622人，伤病员700多人。

为了不让山中野兽破坏遗体，善良的降虎村民自发上山为数百位长眠于此的红军战士整理遗体，将他们集中掩埋在战壕和弹坑中。

1995年，降虎村铺设光缆时，意外发现一条年代久远的战壕，并从中挖掘起大量的人体遗骸，揭开了这段尘封的往事。同年，宦溪镇政府和降虎村委会修建了红军烈士墓，将分散埋葬的烈士骸骨集中安葬在坪岗岭高处。2002年，红军烈士墓被晋安区政府公布为第五批区级文物保护单位。

2009年，晋安区政府对红军烈士墓进行了修缮。2014年，降虎村修建了通往红军烈士墓的登山石道。2016年，在登山石道的入口处建起了红军烈士纪念碑和红军北上抗日先遣队纪念馆。至此，包含红军墓、红军烈士纪念碑、红军北上抗日先遣队纪念馆等的降虎村红军纪念园正式落成。2017年7月，福州市委党史研究室将降虎村红军纪念园列为福州市党史教育基地。

2020年，晋安区修缮红军北上抗日先遣队战壕遗址，建设战壕遗址、指挥部、瞭望台等。2021年，降虎村红军纪念园被福州市直机关工委公布为党员干部教育基地，同年被福建省委党史学习教育领导小组推荐为第三批党史学习教育参观学习点。

三

降虎寨是福州五城区唯一一处有史可证的既有古代抗倭重要史迹又有近现代抗日重要史迹的古寨堡，也是福州乃至福建古驿道文化的代表建筑之一，具有很高的历史文物价值，又有丰富的历史研究价值。

近年来，降虎村依托生态红色文化、人文景观、自然景观，结

▲ 降虎寨气势雄伟、古朴壮观（降虎村提供）

合自身实际，走出了一条乡村振兴之路。

2021年4月，降虎村注册成立了红色降虎文化有限公司，在挖掘红色文化和打造党建服务高端产品上下功夫，以实现乡村旅游与村级事务、农民利益同向发力，带动乡村发展步入正轨。

2022年底，改造提升后的纪念馆重新开放，打造沉浸式、可互动的历史文化展示空间。如今，作为晋安区重点推荐的红色文化旅游线路之一，降虎村已经逐渐成为各级机关、企事业单位和党员干部开展党日活动的热门选择。几年来，降虎村共接待各类团队2000多批次，参观者达10万余人次。

降虎村素有"北峰古寨有宝藏，半部历史存其间"之美称。贯穿南北的古驿道、矗立千年的古寨门和保存完好的古街，都是乡村振兴道路上的"最强底蕴"。

降虎村以美丽乡村建设及农村人居环境整治为契机，深入挖掘保护古村生态、建筑布局和历史文脉，修缮古寨门、状元古街、杜溪古桥及古驿道，植入"学子赶考""状元返乡""商贾往来""焚字炉"等历史典故，打造"降虎故事"特色文化品牌。

从走红到长红，降虎村少不了村民们的"助燃"。有些村民利用自家的房子开起了饮食店和各种古色古香的杂货铺，还有些村民把老宅改建成庄园式的院落，吸引露营、摄影、文艺爱好者的到来，让人们感受与城市不一样的慢生活。同时，还吸引了大批文艺青年和返乡创业大学生来此开办民宿，定期为游客组织具有乡村风情、地方特色和人文民俗的文化创意活动。

如今，降虎村正生动演绎着古今并置的文化传承，成为城市游客们"家门口"的网红打卡地。

图书在版编目(CIP)数据

绿水青山寄乡愁:福州乡村振兴纪事/福州市古厝研究会,福州市文学艺术界联合会编.—福州:海峡文艺出版社,2024.9
ISBN 978-7-5550-3816-0

Ⅰ.I267

中国国家版本馆CIP数据核字第20244B78S0号

绿水青山寄乡愁
——福州乡村振兴纪事

福州市古厝研究会　福州市文学艺术界联合会　编

出 版 人	林　滨
责任编辑	林可莘
编辑助理	陈泓宇
出版发行	海峡文艺出版社
经　　销	福建新华发行(集团)有限责任公司
社　　址	福州市东水路76号14层
发 行 部	0591-87536797
印　　刷	福州报业鸿升印刷有限责任公司
厂　　址	福州市仓山区建新北路151号
开　　本	787毫米×1092毫米　1/16
字　　数	190千字
印　　张	16.25
版　　次	2024年9月第1版
印　　次	2024年9月第1次印刷
书　　号	ISBN 978-7-5550-3816-0
定　　价	48.00元

如发现印装质量问题,请寄承印厂调换